SONHOS, MEMÓRIAS E DIVAGAÇÕES
revisitando a vida e remodelando sonhos

Editora Appris Ltda.
1.ª Edição - Copyright© 2024 da autora
Direitos de Edição Reservados à Editora Appris Ltda.

Nenhuma parte desta obra poderá ser utilizada indevidamente, sem estar de acordo com a Lei nº 9.610/98. Se incorreções forem encontradas, serão de exclusiva responsabilidade de seus organizadores. Foi realizado o Depósito Legal na Fundação Biblioteca Nacional, de acordo com as Leis nᵒˢ 10.994, de 14/12/2004, e 12.192, de 14/01/2010.

Catalogação na Fonte
Elaborado por: Dayanne Leal Souza
Bibliotecária CRB 9/2162

B821s 2024	Brandão, Fernando José Sonhos, memórias e divagações: revisitando a vida e remodelando sonhos / Fernando José Brandão. – 1. ed. – Curitiba: Appris, 2024. 173 p. ; 23 cm. ISBN 978-65-250-7130-5 1. Memórias. 2. Reflexões. 3. Sonhos. I. Brandão, Fernando José. II. Título. CDD – 152.41

Appris
editora

Editora e Livraria Appris Ltda.
Av. Manoel Ribas, 2265 – Mercês
Curitiba/PR – CEP: 80810-002
Tel. (41) 3156 - 4731
www.editoraappris.com.br

Printed in Brazil
Impresso no Brasil

Fernando José Brandão

SONHOS, MEMÓRIAS E DIVAGAÇÕES
revisitando a vida e remodelando sonhos

Curitiba, PR
2024

FICHA TÉCNICA

EDITORIAL	Augusto V. de A. Coelho
	Sara C. de Andrade Coelho
COMITÊ EDITORIAL	Marli Caetano
	Andréa Barbosa Gouveia (UFPR)
	Edmeire C. Pereira (UFPR)
	Iraneide da Silva (UFC)
	Jacques de Lima Ferreira (UP)
SUPERVISORA EDITORIAL	Renata C. Lopes
PRODUÇÃO EDITORIAL	Daniela Nazario
REVISÃO	Katine Walmrath
DIAGRAMAÇÃO	Amélia Lopes
CAPA	Lívia Weyl
REVISÃO DE PROVA	Bianca Pechiski

SUMÁRIO

1. UM ARMÁRIO ONDE TUDO CABE...........................7

2. DESPERDÍCIO 8

3. O TEU SORRISO 9

4. MÃOS À OBRA 9

5. REFÚGIO...........................10

6. GUERRA É GUERRA...........................11

7. COISAS QUE AMO DEMAIS 12

8. EU ME LEMBRO 13

9. EM HOMENAGEM AOS MANGABEIRAS...........................13

10. SOBRE AS PRECES 14

11. APOCALIPSE...........................14

12. ERA ELA, ERA ELA...........................15

13. UMA HISTÓRIA COM UM BOM FINAL...........................17

14. SINGELEZAS 29

15. UM DIA PARA ESQUECER 32

16. MEIRINDA 34

17. ECOS 40

18. LAVÍNIA...........................41

19. REVISITANDO O PASSADO 52

20. ÚLTIMO PEDIDO 53

21. SENSAÇÕES...........................54

22. PENSAMENTOS...........................56

23. MARIAS, LOURDES, MARTAS E OUTRAS MAIS...........................57

24. A VIDA SIMPLES DE UM HOMEM SIMPLES...........................58

25. INEVITABILIDADES...........................65

26. LUÍZA E O MONZA PRETO 66

27. CAMINHOS...........................69

28. ESTELA...........................69

29. JOÃO E TEREZA...........................71

30. NHÔ RUFINO 77

31. TABACO, CAFÉ E MEL...........................84

32. ANÚNCIO 84

33. SOBRE O GRITO 84

34. SOBRE O TEMPO 85

35. 1970'S 86

36. SÃO JOSÉ DO BREJO DA CRUZ 87

37. SOBRE O TEMPO 2 89

38. SACO DE SONHOS 90

39. DIMITRI 91

40. MARIA DAS DORES 102

41. MELLISSA, COM DOIS ELES E COM DOIS ESSES 108

42. TEMPUS FUGIT 118

43. DESABAFO 119

44. BÊNÇÃO 120

45. SAUDADES 121

46. SOLIDÃO 123

47. MATÊ 125

48. LITERATURA BRASILEIRA 129

49. TIBÚRCIO 130

50. QUIDÉ E ZETE, UM ENCONTRO FELIZ 134

51. CALEBE, DAVI E PIPOCA 141

52. ALZHEIMER 147

53. PRACINHAS E OS FOLGUEDOS 149

54. SOLIDÃO 151

55. LOBO E CORDEIRO 153

56. SONHOS 154

57. ANDARILHO 162

58. A LUA 163

59. A PRISÃO DE AZAZEL 164

60. ARREPENDIMENTOS 171

1. UM ARMÁRIO ONDE TUDO CABE

Hoje me dei conta de que há um armário dentro de mim, assim tipo um guarda-roupas, mas desculpem, não são roupas que guardo nele.

Nele eu guardo tudo; não as coisas, mas o significado delas, a importância que elas tiveram e o que representam.

Ele tem múltiplas portas e, por dentro, ele é imenso, cabe tudo o que me tocou nesta vida.

Tocou é um vocábulo que precisa ser explicado: tocou pode ser a parte que a mim coube, ou a forma como reagi a ela. Pode escolher, cabem os dois significados.

Fui vasculhar os meus guardados e eles são tantos, de tempos diversos, de tantas pessoas.

Eu sou muito bom em guardar coisas, então eu guardo tudo.

Eu não sou uma pessoa triste, mas guardo também um tanto de tristezas.

O que me dói mais são as saudades que eu sinto e eu sinto falta de tanta coisa, tanta gente, tudo transformado em memórias, em lembranças.

Rostos que eu nunca esqueci. Sorrisos; ah, os sorrisos, esses eu os guardo todos, não me esqueço nunca. Vocês podem estranhar, mas a lembrança de sorrisos me faz sorrir novamente.

Algumas coisas que me foram ditas em momentos únicos, que só eu reconheço, e que me marcaram para sempre. Lá estarão, no meu guarda-roupas, que tudo guarda, menos roupas.

Lá está você, tão bem guardada e tão protegida.

Perdão, eu perdi o guardanapo e já não me lembro o que nele você escreveu, mas imagino. Você poderia me ajudar a lembrar.

Eu sou um tolo que tem um guarda-roupas para guardar coisas dentro de mim, coisas que eu teimo em revisitar.

Vou abrindo portas, desamontoando as lembranças, as lembranças que juntei lá. Amor, você está lá, em muitas delas!

Encontro você sorrindo, com seus olhos fixos em mim.

Eu te sorrio de volta. Caminho até você e te beijo e é o sabor desse beijo que eu mantenho guardado, junto com o seu sorriso, no guarda-roupas dentro de mim, onde há de tudo, menos roupas.

2. DESPERDÍCIO

Ah, esses amores!

Todos os que um dia fracassam.

Alguns porque alguém se foi, nunca mais voltou.

Outros, resultantes de uniões equivocadas; pessoas diferentes demais, café e leite.

Outros ainda que não resistiram ao desgaste do dia a dia; o tempo e a rotina podem ser cruéis.

Os amantes que seguem sós, aprisionados em um relacionamento qualquer, sem sentido, que não termina por ainda existirem laços que parecem importantes; acordos tácitos, razões emocionais, enlaces financeiros, conjunturais.

Escolhem seguir solitários, isolados sob um mesmo teto.

Claro, é sempre um retumbante fracasso, mas assim é a vida, pelo menos algumas delas.

Por favor, escrevo isto para além de mim mesmo, não tenham dúvidas, comparto por compulsão.

Mais que um desabafo, é a revelação de uma constatação.

O fracasso é sempre mútuo, não se pode culpar ninguém, ninguém poderia, ou deveria, se tem consciência dos próprios defeitos.

É como estar em um trem, em uma viagem longa, para muito longe, sentado em um banco quebrado, incômodo, onde se vão ajeitando as coisas até não sei quando e sem saber por quê.

3. O TEU SORRISO

Sempre que eu te disse "te amo", você questionou.

Algumas vezes, até acreditou, mas não se furtou de questionar.

Me deixou inseguro, incapaz de convencer.

Eu repetia, repetia; uma, duas e outras tantas vezes.

Me parecia que você se divertia com meu desespero.

Não me dava conta do seu capricho, tolo que sou.

Hoje percebo que há contradições entre o seu sorriso e o seu olhar.

Um dos dois mente, não sei dizer qual deles, mas faço a minha aposta.

O seu sorriso parece um riso e penso que às vezes ri de mim.

O seu olhar muitas vezes parece não me notar, vê através de mim.

Mas o seu sorriso me encanta e o seu olhar… ah! o seu olhar. O seu olhar é o que mais amo em você.

Então, não posso escolher, não posso prescindir de nenhum dos dois.

Então repito, amor, te amo, apesar do seu sorriso, apesar do seu olhar.

4. MÃOS À OBRA

Mais ou menos isto.

As coisas que deixei de fazer na minha vida, seja por incompetência, por preguiça ou por falta de oportunidade, coisas que de mim foram afastadas, por não terem acontecido. Pessoas que deixei partir e que não voltei a buscar. Pessoas cujo valor não reconheci de imediato e que deixei partir, muitas de quem me distanciei, por razões variadas. Tudo será revisto agora.

Preparo uma agenda para partir para a ação.

Parar de lamentar o que perdi ou não conquistei vai me agregando um bocado de tempo livre, imaginem!

Nesse tempo dá para reconhecer as oportunidades e tomar iniciativas, mas um passo de cada vez. Uma paradinha para descansar, e retomar, até o sucesso.

Me animo só de pensar no que ainda posso, no que ainda pode me acontecer e como pode ser bom; me tornar melhor, mais feliz, mais completo.

Começo hoje, me aguardem. Se me virem por aí, não me atrapalhem. Estou em reconstrução.

5. REFÚGIO

Acho que todo mundo tem um lugar imaginário. Um refúgio para onde se pode ir quando a realidade incomoda.

Um lugar onde guardamos nossos desejos mais secretos, aqueles que relutamos em revelar ao mundo. Lá podemos ser o que o mundo real nos nega, onde nenhum tipo de repressão nos limita.

Para alguns é um lugar florido, para outros é uma sombra à beira de um rio de águas cristalinas; assim é o meu, florido, sombreado e à beira de um rio de águas claras e frescas, onde sopra uma brisa constante que me refresca. Ali eu me sento e posso ser honesto e generoso comigo mesmo, de uma forma que eu não ousaria no mundo real, no cotidiano que nos afronta e que nos limita.

Para lá carregamos nossas melhores lembranças, lá desenvolvemos os nossos mais desejados sonhos, um lugar onde o conforto da esperança e a estabilidade da temperança aliviam os nossos ombros de cargas que no mundo real são inevitáveis.

De lá, retornamos mais esperançosos, de certa forma renovados e energizados, para seguir em frente, mais tolerantes com a sina que nossas realidades nos impõem.

Só nós sabemos quem somos de fato quando estamos lá, em nosso refúgio; um mundo onde nos sentimos mais adequados a nossos desejos e expectativas.

Em um dado tempo, passamos a viver nele com uma frequência cada vez maior, vamos nos desabilitando no enfrentamento do mundo real. As pessoas sentem como se nos estivessem perdendo, enquanto em nós o sentimento é de reencontro ou descoberta.

6. GUERRA É GUERRA

Uma guerra é uma guerra. Pessoas morrem, mas morre primeiro a verdade, a humanidade.

Por trás da guerra está o medo; às vezes, a ganância, quase sempre.

O mundo árabe, das ciências e das grandes descobertas, sucumbiu à ignorância, a uma religião que priva o ser humano de liberdades, do livre pensamento, dependente de uma interpretação limitada e perversa de Deus.

Regimes especializados na distribuição da desgraça e da miséria.

E do outro lado, o que dizer? Democracias armadas até os dentes.

Provas de que tudo é premeditado, orquestrado, vão surgindo aqui e ali.

A riqueza está enfadada com a pobreza e acha mais efetiva a eliminação do pobre, em lugar de eliminar a pobreza.

Querem um mundo particular, de pessoas bonitas, ricas e bem-humoradas. O Éden de novo, ou renovado, limpo, expurgados das indecências e inconveniências da pobreza, das pessoas feias, cuja feiura é a expressão das suas necessidades, das suas misérias e fragilidades.

Guerra é guerra, há sempre um lado destinado à derrota, até que o mundo seja um jardim florido, pleno de pessoas lindas, ricas, mas hipócritas, desprovidas de sentimentos, onde a solidariedade não é mais necessária, todas com suas mansões em Beverly Hills, seus carros da Tesla, lanchas e iates que navegam sem rumo e sem propósito, com gente que não tem empatia, nem simpatia.

Que mundo será este? Conseguirá ele sobreviver a si mesmo?

Bom, guerra é guerra, demanda sangue, o meu e o seu, o nosso. Até que alguém vença ou até que todo mundo perca.

7. COISAS QUE AMO DEMAIS

Dias de sol, daqueles que colocam os lagartos estirados sobre pedras, surfistas nas cristas das ondas e crianças correndo pelas praias, lambuzadas de filtro solar;

Mata verde, aquele cheiro de clorofila, o musgo macio sob os pés, a brisa refrescada circulando entre as árvores e através delas; pássaros, muitos pássaros, ressoando seus cantos, revoando em balés enigmáticos;

Café forte, daqueles de tingir a língua e manchar os dentes;

Boa música, daquelas que fazem o coração bater forte e o pensamento voar alto;

Vinho e queijo Camembert ou Roquefort, rock na vitrola;

O azedinho do trevo-de-quatro-folhas, ou de três;

Cama macia e travesseiro alto; ar-condicionado à toda;

Folhas em branco, uma caneta nervosa e boas histórias;

Amigos que ouvem, com paciência e empatia;

Noites chuvosas; a água da chuva escorrendo pela janela. Trovões retumbando ao longe;

Filmes de amor, reencontros, finais felizes;

Viagens de carro por estradas costeiras, serra do mar;

Noites de lua, brilho de estrelas;

Macarrão com feijão; goiabada com queijo;

Pão com manteiga, vaca atolada e mandioca cozida;

Beijo de neto, abraço de filho, roupas de algodão;

Uma moça bonita, de olhar gateado e sorriso rasgado;

Ruas vazias, vida repleta, amores retribuídos.

8. EU ME LEMBRO

Colo de mãe.

Batata frita com bife à milanesa.

Uma Casa Branca no bairro da casa verde.

Futebol às quartas e sábados; Pacaembu, Parque Antártica e Morumbi.

Minduim, o vira-latas do bairro com seu rabinho inquieto.

Pelé e Rivelino.

Demônios da Garoa, e Adoniran; Saudosa Maloca, "Tiro ao Árvaro…".

Praia Grande; pastel com garapa de cana.

O ônibus circular, da CMTC.

Para os aficionados, Walter Tucano, Denísio Casarini, Sete Mentiras.

Sorvete da Kibon; o campo da várzea.

O canto da minha vó, lavando roupa.

A novela no rádio, pipoca com pimenta.

Até mesmo o jiló fatiado, mas frito à milanesa.

A TV preto e branco com o bombril na antena.

Os almoços de domingo; nhoque com frango desfiado.

As missas aos sábados; jabuticabas; vasos com espadas-de-são-jorge.

As brincadeiras na rua; as noites de luar.

Tudo isso e um tanto mais.

Há tanto tempo, mas ainda me lembro.

9. EM HOMENAGEM AOS MANGABEIRAS

Depois de tanta coisa feita, de todas as missões cumpridas, já no inverno da existência, descobrir que ainda existem sonhos, escolher um deles e encontrar a coragem e a disposição de levá-lo adiante.

Sofrer o desgaste que as dificuldades provocam, mas ainda assim avançar, passo a passo até as últimas etapas e enfim concluir.

Beber então da taça do orgulho de sentir-se capaz e da alegria de compartilhar.

10. SOBRE AS PRECES

Quantas preces são perdidas no tempo de nossas existências?

Para onde vão? Quem de fato as escuta?

Acho que as preces fazem parte do processo de reflexão, é quando nos damos conta da dimensão de nossos problemas e os confessamos.

Não importa a quem, pois de fato, quase sempre, não há ninguém lá.

É apenas a esperança de que alguém nos ouça e que de alguma forma nos responda, que nos aponte a saída.

O milagre está no fato de que quando nós nos escutamos, e é isso que acontece quando fazemos uma prece, tomamos ciência e atingimos a exata compreensão de nossas aflições.

Conhecer o problema e entendê-lo é o primeiro passo para encontrar a solução, é esse o milagre da prece.

As alternativas estão sempre lá, ao alcance das preces. Entre elas, a decisão de conformar-se, pelo entendimento de que nem tudo tem solução.

11. APOCALIPSE

Tudo começou com encontros fortuitos, amenas discussões sobre os problemas da humanidade. Visões críticas foram sendo construídas; super-população, mudanças climáticas, radicalizações culturais e religiosas, a tecnologia destruindo postos de trabalho, tornando-os pouco efetivos, improdutivos, até torná-los desnecessários.

Antigas confrarias vão se dando conta de como conquistar um poder definitivo, dominante.

Criam para si a falsa incumbência de alterar o destino do mundo e da humanidade dentro dele.

Tornam-se conspiradores; o objetivo é o de purgar o mundo do excesso de pessoas, torná-lo mais "limpinho", mais "cheiroso" e tecnológico. Como mecanismos, se utilizam da criação de guerras e as usam como ferramentas, não importam os motivos, mas os objetivos, provocam a ocorrência de convenientes pandemias altamente letais. Tudo muito lucrativo e eficiente na purga conveniente da população terrestre.

A inteligência artificial tornando o poder criativo da humanidade em algo obsoleto, custoso demais.

De que vale uma pessoa que não pode consumir artigos de luxo?

Um bando de ricaços, vivendo o crepúsculo de suas próprias vidas.

Eles não querem salvar a humanidade, nem mesmo querem recuperar e preservar a natureza, acreditam que livre da escória humana a natureza se autorrestaurará, para o prazer da elite, que se acham os donos do mundo.

Seus nomes são conhecidos, travestidos de benfeitores da humanidade.

Todos eles, sem exceção, carregam a marca da besta, ferramentas do apocalipse que são.

12. ERA ELA, ERA ELA

Ela era uma mulher linda, alegre e espirituosa. Olhos negros, profundos, ávidos e curiosos.

O sorriso imenso, generoso, espontâneo.

Um jeitinho único de virar a cabeça e mexer nos cabelos, que me cativou, que eu aprendi a amar, desde a primeira vez.

Era um sábado, no parque da cidade; verde, arborizado e florido. Ela estava com as amigas quando nos encontramos, foi fortuito e ela ria muito. Nossos olhares se cruzaram, foi apenas por um minuto, mas me pareceu ter sido muito mais.

Eu disse olá, ela apenas riu, virou a cabeça e mexeu nos cabelos. Eu soube então; era ela, finalmente era ela.

Eu enrubesci, sabia o que meus olhos confessavam; era mesmo ela.

Até hoje eu me questiono se ela percebeu; mulheres sempre sabem, então eu acho que ela soube. Nunca me disse, mas acho que ela soube, no mesmo momento em que interrompi meu sorriso, em que olhei para ela, eu soube: ali estava ela, aquela por quem tanto esperei.

Nosso trato foi superficial, por timidez.

Eu queria dizer tanto, mas não disse nada; um oi sem graça, um sorriso amarelo.

Esse dia marcou a minha vida e eu queria repeti-lo, falar com ela coisas que eu sabia que precisava dizer.

Que eu a estava esperando por toda a minha vida, que eu soube que era ela ao primeiro olhar, que o meu futuro seria ao lado dela, ou não seria nada.

E que o meu mundo, todo ele, era dela; foi preparado para a chegada dela e que enfim ela chegara.

De novo, eu não disse nada, não precisei, ela leu no meu olhar e, de novo, sorriu, virou a cabeça e mexeu nos cabelos.

Não foi nesse dia, acho que nem nos dias seguintes, mas houve o dia do primeiro beijo. Um beijo do qual me lembro muito; o sabor, o tempo que durou, só não me lembro da data. Ora! Que se lasque a data, o que importa mesmo é o beijo e eu me lembro, nunca esqueci.

O nome dela? Ah! O nome dela era lindo, mas lindo mesmo era o seu sorriso, o jeitinho de virar a cabeça e mexer nos cabelos.

Nos acostumamos aos encontros naquela praça, eu e ela, ela e eu. Eu falava coisas sem sentido, ela ria e segurava minha mão. Sempre respondia, coisas também sem sentido, eu adorava e sorria. Sempre havia um beijo, longo, quase um minuto, mas parecia muito mais.

Um dia, chovia muito, ainda assim fui até a praça, ela não estava lá.

Esperei outro dia, de sol dessa vez, ela não estava lá.

Meu coração suspeitou. Suspirei, e voltei à praça, era um outro sábado e lá estava ela.

Com ela havia alguém. Ela sorriu para ele, ele retribuiu, ela virou a cabeça e mexeu nos cabelos, ele sorriu para ela e a beijou.

De fato, eu tanto quis, mas enfim não era ela.

13. UMA HISTÓRIA COM UM BOM FINAL

Ele era um homem simples, nascido e criado em uma cidade pequena, daquelas que serão eternamente pequenas. Paracambi de Minas ficava à beira de uma grande represa, abastecida por um rio com nome de santo, Rio São João ou São Pedro, já não me lembro.

Ao redor do lago, da grande represa, as famílias mais ricas costumavam manter ranchos com uma pequena casa e um píer de madeira com pequenos barcos atracados nele.

Dali saíam para pescar nos fins de semana, quando era verão. A pesca era variada e abundante. Os peixes eram assados em braseiros construídos em alvenaria, assim como os fogões à lenha e ficavam ambos em uma área externa, coberta por um telhado de telhas de demolição, aquelas já escure-cidas e cheias de limo.

A cidade não oferecia muitas oportunidades e as pessoas comuns, aquelas que não tiveram a oportunidade de estudar na capital, ou em cidades providas de mais recursos, avançavam a sua educação apenas até o curso colegial, equivalente ao segundo grau de hoje em dia.

Os menos educados costumavam trabalhar nos campos, nas fazendas, cuidando de animais ou das plantações.

Os mais afortunados e melhor educados disputavam uma vaga na prefeitura ou na cooperativa que atendia os fazendeiros, no posto de saúde, que na verdade eram hospitais de pequeno porte, no comércio local ou ainda na única agência bancária existente na cidade. Havia ainda uma agência dos correios que empregava apenas quatro funcionários, dois balconistas e dois carteiros que circulavam diariamente pela cidade recolhendo ou entregando correspondências e encomendas.

O comércio era também reduzido; uma loja de tecidos, outra de eletrodo-mésticos e que vendia também uma certa variedade de móveis.

Tinha ainda a loja do fotógrafo, uma pequena churrascaria e uma padaria que aceitava quaisquer encomendas para aproveitar o forno; assar um leitão ou um pernil nas festas de fim de ano.

Havia diversas costureiras que se estabeleciam em suas próprias casas, assim como as rezadeiras e benzedeiras, lavadeiras e passadeiras, que ofereciam seus serviços por pequenas quantias.

O comércio se concentrava ao redor da praça da matriz, onde ficava ainda um cinema que funcionava nos finais de semana.

Espalhados pela cidade podiam ser encontrados pequenos bares, onde se podia jogar bilhar ou arriscar-se em jogos de cartas.

A cidade contava com uma pequena rodoviária, onde ficavam estacionados dois carros de aluguel e aonde chegavam e de onde partiam as jardineiras que faziam os trajetos mais longos, conectando a pequena cidade a outras cidades das redondezas.

Havia ainda pedreiros, oleiros, ferreiros e marceneiros, e esta era a profissão de nosso personagem, marceneiro.

Seu nome era Manoel, Manoel Ferreira Santiago, ou simplesmente "Mané", para os habitantes da cidade.

Mané confeccionava porteiras e charretes, carros-chefes de sua marcenaria, que estava instalada em um pequeno galpão no fundo de sua casa. Também construía móveis por encomenda e fazia ainda a recuperação de móveis de família deteriorados pelo tempo.

Mané completara o segundo grau aos dezoito anos, mas já trabalhava de aprendiz de marcenaria desde os doze. Seus pais eram trabalhadores de uma fazenda próxima; seu pai era um retireiro, funcionário da fazenda encarregado de ordenhar as vacas todas as manhãs e pela tarde, e sua mãe era a cozinheira da fazenda, os dois viviam em uma pequena casa na propriedade. Mané frequentava a escola rural, mas depois se transferiu para o Grupo Escolar na cidade, até onde ia sempre a pé.

Começou limpando o chão da marcenaria, de onde retirava a serragem produzida pelas máquinas ali existentes, e fazia isso todas as tardes, depois da escola. Ele juntava e ensacava a serragem, que era vendida para diversos propósitos; cama para baias de cavalos e para viveiros de criação de aves, combustível para alimentar pequenas fornalhas e até para forrar o chão de oficinas mecânicas, para absorver o óleo que caía dos automóveis e caminhões.

Seus pais, com as economias de muitos anos, compararam uma pequena casa na cidade, instalada em um terreno grande e para onde Mané se transferiu ao completar quatorze anos.

Mané era inteligente e perspicaz e sua habilidade no trato da madeira, desenvolvida ao longo de alguns anos de trabalho na marcenaria, decorria de um grande amor que ele desenvolvera pela profissão.

E a vida era isto: acordar bem cedo, molhar a pequena horta, usual na maioria das casas, alimentar as galinhas que andavam livres pelo terreiro, moer o café e coá-lo no coador de pano, depois preparar o pão com manteiga que o padeiro deixava em sua porta todas as manhãs, junto com uma garrafa de leite fresco.

A marmita, com o almoço, era entregue na marcenaria pela vizinha que morava com sua neta a poucos metros de sua casa. O jantar ele mesmo preparava, quase sempre um arroz fresquinho, um pedaço de frango ou porco e as verduras que ele mesmo colhia de sua horta.

Os fins de semana se resumiam a uma ida ao cinema e ao encontro com amigos na praça da matriz, onde se podia encontrar quase todos da cidade.

A missa de domingo era outro evento obrigatório, controlado de perto pelo vigário da paróquia.

A cidade não tinha um clube, mas alguns fazendeiros dispunham de piscinas de águas correntes e permitiam a frequência das pessoas por um pequeno pagamento. A mais visitada, pela sua proximidade e infraestrutura, era a Fazenda Santa Margarida, cuja proprietária era Dona Lourdes, uma viúva abastada da cidade.

As famílias faziam piqueniques enquanto as crianças se refrescavam na piscina de água corrente.

Havia ainda pequenos quiosques com mesas e cadeiras e um pequeno bar, que vendia bebidas e alguns petiscos; peixes fritos, torresmo e até mesmo uma galinha assada.

Os trajetos eram sempre feitos a pé, mesmo nos dias chuvosos, pois a cidade não dispunha de um transporte que não fosse um dos dois carros de aluguel, estacionados ora na rodoviária, ora na praça da matriz.

De tempos em tempos, a gente da cidade se reunia quando ocorria um casamento, um batizado ou uma festa de aniversário de algum fazendeiro mais abastado, também nas festas promovidas pela paróquia e pela prefeitura em datas comemorativas.

Mané tinha lá suas paqueras, mas seu coração batia mesmo era por Maria Rita, uma linda menina, filha de um grande fazendeiro da cidade, irmã de três valentões que se julgavam donos da cidade.

Ela estava ligada ao destino de Mané e ele sabia disso, mas ele já antecipava que ela seria enviada para a capital para estudar e, provavelmente, jamais voltaria àquela cidade. Seu futuro seria então distanciado do de Mané.

Os dois se tornaram amigos, frequentavam vários locais e eventos juntos, mas ele nunca ousou falar de seus sentimentos com relação a ela, ela também nunca se apercebeu de que ali existia mais do que uma simples amizade.

Mané era desencorajado pelos amigos mais próximos, aqueles que chegaram a perceber esse segredo íntimo que ele guardava. Todos o amavam e sentiam que ali, nesse amor oculto, estaria uma fonte de grande sofrimento para Mané. Diziam: "Mané! Pé no chão, pé no chão, ela não é para o seu bico".

Havia ainda Ana Rosa, outra linda menina, mais jovem que Mané, assim como era Maria Rita. Ana Rosa, de feições europeias, era neta da senhora que servia as marmitas para Mané, sua mãe falecera durante o parto de seu irmão mais novo, Jeferson, e seu pai sucumbira ao vício da bebida e havia deixado a cidade enquanto Ana Rosa era ainda bebê.

Mané e Ana Rosa eram vizinhos e conviviam em vários grupos; na escola, no grupo de jovens da paróquia e costumavam se encontrar nos passeios pela praça da cidade, nos fins de semana, e até mesmo na piscina da Fazenda Santa Margarida, frequentada nos dias de calor.

Ana Rosa, diferentemente de Maria Rita, nunca escondeu seu interesse por Mané. Ele sabia e nutria um grande carinho por ela.

Os irmãos de Maria Rita nunca desconfiaram do interesse de Mané, mas um deles, José Honório, o mais velho e com o mesmo nome do pai, nutria também um interesse por Ana Rosa e se ressentia da constante rejeição por parte dela, acostumado que estava a conseguir tudo o que desejava.

Mané a protegia e ela encontrava conforto nessa proteção. Isso criava uma grande animosidade entre Mané e os irmãos Honório Canabarro.

E o dia chegou, Maria Rita foi enviada à capital para fazer o curso preparatório para o exame vestibular e por lá ficou. Chegou a escrever a ele um par de cartas, ressentida da distância, da saudade dos amigos e da companhia dele, mas acrescentando que a agitação da vida na capital amenizava as saudades que sentia.

SONHOS, MEMÓRIAS E DIVAGAÇÕES

Mané e Ana Rosa foram ficando cada vez mais próximos até que, certo dia, ele confessou a ela seu amor por Maria Rita e a sua frustração por esse amor nunca correspondido, como acreditava ele.

Mané era um homem prático, seu pragmatismo o fazia ciente de suas possibilidades. Ana Rosa, cada vez mais participava de seu cotidiano, ao mesmo tempo em que assumira o negócio de marmitas da avó, ajudava Mané em sua marcenaria, controlava os pedidos, os prazos de entrega e ainda fazia propaganda; nas entregas de suas marmitas estava sempre atenta a oportunidades e não hesitava em oferecer os serviços de Mané, que já progredira e contava com dois ajudantes na marcenaria.

O amor por Maria Rita foi ficando guardado, cada vez mais escondido, sufocado pelo tempo e pela distância.

Ana Rosa estava sempre lá, solidária, companheira, amenizando a desilusão de Mané.

Mané ganhou prosperidade e decidiu que ninguém mais que Ana Rosa merecia compartilhar a sua vida, então propôs a ela. Ela aceitou extasiada. José Honório, ao tomar conhecimento, tentou interferir, apresentou a Ana Rosa seus argumentos, baseados nas possibilidades de sucesso a que ele e Mané estariam fadados e no tipo de vida que ambos poderiam proporcionar a ela.

Ana Rosa não tinha dúvidas e essa nova e definitiva rejeição feriu fundo Jose Honório.

Os dois se uniram em uma pequena festa para os amigos íntimos e familiares. Mané mandou matar um porco e assar algumas galinhas, que serviu com arroz, mandioca cozida e muita salada aos convidados.

Era um dezembro quando chegou a notícia da morte do velho José Honório Canabarro em um hospital da capital, o que fez de José Honório, o filho, o novo comandante do clã Canabarro.

Os dois irmãos se destinaram a outros futuros; Pedro, o do meio, tornou-se advogado e mudou-se para a capital; e Bento, o mais jovem, se dedicava à política e a prefeitura da pequena Paracambi era o seu primeiro intento, seria a sua primeira conquista política.

Enquanto isso, Mané havia reformado a pequena casa, construiu dois outros quartos e ampliou a sala, que agora comportava mais um ambiente, onde acomodou uma pequena sala de jantar; uma mesa, com seis cadeiras e um móvel que era um buffet e cristaleira conjugados, que ele mesmo fabricara na marcenaria.

Dotou-a de mais um banheiro, aumentou a horta e tinha um viveiro para as galinhas e perus que ele agora criava.

Ana Rosa foi contemplada com uma ampla cozinha, onde podia preparar as suas marmitas, que eram cada vez mais requisitadas; sua avó permanecia na pequena casinha, a poucos metros dali, mas veio a falecer poucos anos depois. A casa da avó foi então transformada em um pequeno restaurante, que era frequentado por viajantes e funcionários do comércio da cidade.

Bento foi eleito prefeito e Ana Rosa deu à luz Ana Letícia, a primeira herdeira do casal.

Haviam se passado sete anos desde a partida de Maria Rita para a capital. Ela era hoje uma médica de habilidades muito apreciadas. O irmão prefeito chamou-a de volta à cidade e ofereceu a ela a direção do hospital, que fora ampliado e que seria em breve uma referência para a região, ela aceitou.

O seu retorno ocorreu por ocasião da inauguração das novas instalações hospitalares.

Houve festa, muito barulho, bandas de música, cantorias com artistas regionais e até uma dupla caipira da capital.

Mané e Ana Rosa assistiram a tudo de perto e o coração de Mané se lembrou do que mantinha guardado; seu amor por Maria Rita.

Ana Rosa percebeu, mas calou, não saberia o que dizer.

Ela já estava grávida de Ana Lúcia, que nasceria alguns meses depois.

Eles não se encontravam, era raro Mané e Maria Rita estarem ao mesmo tempo em um mesmo lugar, pareciam se evitar deliberadamente, mas era só coincidência.

Mané adquirira um terreno com a extensão necessária para criar algumas cabeças de gado. O terreno tinha água abundante, uma capinada farta e um curral que ele ampliara e dotara de instalações para o manejo correto dos animais.

Ali ele tinha vacas, que proviam uma pequena quantidade de leite, e alguns bezerros criados para o corte.

Junto ao regato que cortava o terreno, ele iniciou a preparação de um pequeno mangueiro, para a criação de porcos.

A marcenaria já ocupava um galpão adicional e já contava com seis empregados e novas máquinas.

Maria Rita vivia na casa dos Canabarro, na parte central da cidade, junto à igreja matriz.

Era a segunda maior e mais luxuosa casa da cidade, ficando atrás só da casa da viúva Lourdes.

O nascimento de Ana Lúcia foi conturbado; o nascimento em parto normal não foi possível, havia complicações, e uma cesariana foi necessária, Maria Rita foi a cirurgiã, e ao final, enquanto Ana Rosa se recuperava com o bebê, chamou Mané e lhe disse que Ana Rosa não deveria mais engravidar, pois as consequências poderiam ser severas.

Mané ouviu em silêncio, sentia-se grato e ao mesmo tempo frustrado, acreditava que algo era culpa sua.

Maria Rita tentou explicar-lhe; nada tinha a ver com ele, era uma limitação congênita de Ana Rosa.

Lembrou a ele da morte da mãe de Ana Rosa, no nascimento de seu irmão menor, Jeferson.

Mané voltou a casa transtornado, temia pela vida da companheira, mas não disse muito, limitou-se a repetir as recomendações da doutora.

Ana Rosa desdenhou, recuperada reputou a opinião de Maria Rita a uma avaliação pessimista, um cuidado exagerado por parte da médica.

A capacitação profissional de Maria Rita fazia com que Mané a olhasse com mais respeito do que desejo, mas ela percebia, lia nos olhos dele.

Ela nunca soube desse amor tão profundo e tão cuidadosamente guardado, mas começava a se dar conta e se sentia confusa com relação a isso.

Ana Rosa estava bem, o parto difícil parecia ter ficado para trás.

A fragilidade de Ana Lúcia inspirava cuidados, era Mané que a levava às consultas, quase sempre era Maria Rita que a atendia e era sempre gentil, atenciosa e acolhedora.

Isso incomodava Mané, lhe dava a impressão de ser ele a razão da atenção de Maria Rita.

Ele se enganava, mas não sabia, e isso fez crescer nele uma esperança e um dilema, que envolvia diretamente Ana Rosa.

Os negócios de Mané prosperavam; era a sua dedicação e a sua perseverança que surtiam resultados tão promissores.

Com o lucro Mané comprava mais terras e gado, já que sua marcenaria já atingira um porte capaz de atender a todas as oportunidades que surgiam na cidade e ele já começara a prestar serviços para clientes de outras cidades.

Ana Lúcia já completava dois anos e Ana Rosa revelou a Mané uma nova gravidez.

Mané, preocupado, foi com ela visitar Maria Rita em busca de aconselhamento.

Maria Rita não escondia sua preocupação, chegou a cogitar propor um aborto assistido, mas já antecipava a recusa de Ana Rosa. Estabeleceu então uma agenda rígida de visitas ao hospital, para acompanhamento daquela gravidez de alto risco; muito repouso era a sua recomendação.

Foi uma gestação complicada, desde o início; Ana Rosa se recusava a fazer o repouso recomendado e frequentemente tinha crises, quando era atacada por dores terríveis, a ponto de ser necessário que fosse levada ao hospital. O bebê já completara quatro meses no ventre da mãe, o que limitava muito a possibilidade de um aborto que não fosse cirúrgico; o bebê era um menino, o sonho de Mané, iria se chamar Manoel também, Manoel Ferreira Santiago Filho, e seria dele a responsabilidade de tocar a marcenaria e fazer crescer a fazenda, que já dava bons lucros, permitindo a Mané expandir seus negócios para uma pequena granja e um matadouro com um pequeno frigorífico, que era o primeiro e o único da cidade.

Assim sonhava Mané; piqueniques com Ana Rosa e as meninas na Fazenda Santa Margarida e dias de pescaria no lago com o filho, o manejo do gado e da fazenda, que crescia pouco a pouco, mas consistentemente, e esse sonho afetava Ana Rosa aumentando a sua tolerância com os problemas da gravidez.

Ana Rosa aos poucos se dava conta da gravidade que aquela gravidez representava, mas ela iria até o final. Manoel Filho seria o seu grande presente para o seu amado Mané.

Ao completar sete meses de gestação, Ana Rosa precisou ser novamente internada, o bebê resistia, enquanto a mãe se debilitava cada vez mais.

Maria Rita antecipava um parto prematuro e avaliava as possibilidades de salvar mãe e filho. Ela manteria Ana Rosa internada até o parto, o que deveria ocorrer brevemente. Uma cesariana seria feita assim que Ana Rosa saísse da crise e se fortalecesse um pouco mais, diminuindo o risco cirúrgico.

SONHOS, MEMÓRIAS E DIVAGAÇÕES

Certo dia Ana Rosa, movida por pressentimentos, decidiu contar a Maria Rita sobre os verdadeiros sentimentos de Mané, o que não surpreendeu Maria Rita, mas lhe causou um grande incômodo. Ela sentia uma enorme simpatia por Mané e sua família, mas nunca sequer cogitara admitir qualquer outro tipo de sentimento, mesmo ainda quando começara a dar-se conta do que diziam os olhos de Mané quando com ela se encontrava.

Ana Rosa parecia querer despertar em Maria Rita algum sentimento que pudesse estar nela adormecido, seu pressentimento dizia a ela que ela precisava encaminhar o destino de Mané e dos filhos.

Relembrava os momentos felizes passados na juventude e a intimidade que os dois sempre pareciam desfrutar.

Maria Rita ouvia atentamente, mas, como argumento, recorria à possibilidade de plena recuperação de Ana Rosa.

Bento Canabarro, enquanto isso, já estava em campanha para uma reeleição, mas José Honório já não dispunha de capital abundante para impulsionar a carreira do irmão. O sucesso de Mané o incomodava muito e ele o via progredindo dia após dia enquanto os seus negócios não iam tão bem.

Ele é Mané nunca declararam abertamente a animosidade que nutriam um pelo outro.

O temperamento de José Honório despertava costumeiramente uma certa antipatia na cidade, ao contrário de Mané, que era querido e respeitado, seu progresso era acompanhado por todos com bons olhos, pois Mané não hesitava em compartilhar os seus sucessos com os vizinhos; eram dele os touros usados pelos vizinhos para emprenhar as vacas, foi ele quem reformou o sistema de refrigeração dos tanques de armazenagem de leite na cooperativa da cidade, não se recusava a prestar ajuda nos momentos difíceis enfrentados pelas famílias de seus conterrâneos.

Todos acompanhavam apreensivos a internação preventiva de Ana Rosa.

A influência de Mané crescia na cidade enquanto a dos Canabarro diminuía.

José Honório dependia da reeleição do irmão para manter um certo controle da cidade, e manter contratos com a prefeitura que dessem alguma sustentação aos negócios da família.

A família Canabarro já perdera sua influência na cooperativa e isso era devido sempre a intervenções de Mané.

A saúde de Ana Rosa se deteriorava e Maria Rita já não estava segura de que um aborto cirúrgico pudesse salvá-la. Salvar a criança parecia ser o mais sensato a ser feito.

Maria Rita então mandou chamar Mané ao hospital e expôs a ele a situação. Ana Rosa insistia em que a criança fosse salva, mas isso já não era escolha de ninguém, salvar a criança parecia ser a única opção disponível, seus órgãos começavam a falhar e Ana Rosa entrou em um coma, o que acelerou a tomada de decisão.

A criança foi salva por uma cesariana. Ana Rosa faleceu poucos dias depois, sem se recuperar do coma. Mané sequer teve a oportunidade de despedir-se dela.

Chorou em silêncio na despedida da companheira, grande responsável pelo equilíbrio que sustentou e impulsionou o seu sucesso. Maria Rita estava lá, contrita e solidária.

Os Canabarro perderam a eleição, José Honório teve que vender a fazenda, o irmão político mudou-se para a capital para tentar uma vaga na câmara municipal, tornou-se assessor de um conhecido deputado estadual. O irmão advogado foi envolvido em falcatruas relacionadas a fraudes em bancos estatais e teve sua prisão decretada, mas, como é comum entre os políticos, já fora colocado para responder aos processos em liberdade. Nada ia bem para a família Canabarro.

O prefeito eleito passou a ser o atual presidente da cooperativa, Leôncio, um tipo bonachão, de caráter questionável e que fizera sua campanha baseado em um plano de industrialização da cidade. Tinha o apoio de um grupo que prometia instalar uma usina de cimento na cidade, e a esperança de novos empregos, com mais qualidade e melhores salários, levou Leôncio à vitória, o que foi um golpe fatal nas expectativas dos Canabarro.

Mané fez uma oferta pela fazenda do desafeto, mas este recusou-se a vender para ele, vendeu para uma família da capital que decidira investir na cidade.

Mané tornou-se recluso, pouco era visto pela cidade; Maria Rita, mantida no cargo por sua competência, mas também por absoluta falta de uma alternativa viável. Ela lutava para manter o hospital, agora relegado a um certo abandono, enquanto o novo prefeito apostava suas fichas em gordos subsídios para atrair grupos industriais para a cidade.

Endividou a prefeitura com a implantação de um polo industrial que já nascera fracassado e não se desenvolvera, pois a infraestrutura da região era deficiente, principalmente quanto ao fornecimento de energia elétrica e a oferta de insumos que precisariam ser buscados longe dali.

A fábrica de cimento tornou-se uma realidade, graças à flexibilização de leis ambientais, convenientemente ignoradas, e muitos subsídios generosos, tornando o custo de produção bastante atrativo.

As receitas com impostos eram minguadas em decorrência dos subsídios oferecidos pela prefeitura.

Os programas de apoio à agricultura e à pecuária, abundantes anteriormente, começaram a minguar e muitos pequenos proprietários começaram a fracassar.

Os negócios de Mané se mantinham estáveis, mas as perspectivas já não eram tão auspiciosas.

Maria Rita então tomou uma decisão e dirigiu-se à casa de Mané. Ele não estava lá, então ela o procurou na marcenaria e lá o encontrou. Ele estava supervisionando o trabalho dos auxiliares e mostrando a Manoel Filho como funcionavam algumas das máquinas que lá havia.

Os dois reuniram-se em um pequeno escritório, Mané estava surpreso com a inesperada visita, lembrou-se que ainda a amava e reparou que ela se tornara uma linda mulher madura, ainda com seus trinta e sete anos.

Manoel Filho sempre acompanhava o pai, e a sua presença, já com seus sete anos, não causou qualquer constrangimento a Maria Rita. A semelhança entre os dois era enorme e isso era evidente tanto nas feições quanto nos modos e trejeitos. Na mesma medida que Ana Letícia era uma linda miniatura de Ana Rosa, enquanto Ana Lúcia tinha algo que era um misto dos dois; tinha os mesmos olhos de Mané e os cabelos loiros e o sorriso de Ana Rosa.

Maria Rita expôs as suas visões e preocupações, decidida que estava a convencer Mané a se candidatar à prefeitura.

Mané ouviu atentamente, ele compartilhava muitas das preocupações de Maria Rita, mas tinha dúvidas sobre ser ele uma possível solução para a cidade.

Ao final ele prometeu a ela pensar sobre a sua proposta.

Mané acompanhava de perto o sofrimento de seus amigos e conterrâneos, já tivera que socorrer alguns deles.

Ele então, depois de muito refletir, tomou sua decisão. Mandou chamar Maria Rita e disse a ela sem amenidades: aceitaria a sua proposta, mas somente se ela aceitasse ser a sua vice na chapa.

Maria Rita relutou, mas diante da intransigência de Mané, aceitou.

Os dois então se filiaram ao partido de oposição ao prefeito. Tiveram que ir à capital apresentar as suas pretensões à direção do partido. Era o mesmo partido do deputado de quem o irmão de Maria Rita era assessor, mas ele não teve qualquer protagonismo na decisão e a candidatura de Mané e Maria Rita foi acolhida e sacramentada.

José Honório torceu o nariz, mas nada podia fazer, pois ele nem filiado ao partido era, e seus problemas financeiros já eram bem conhecidos entre os habitantes de Paracambi.

O período de campanha, mesmo com o grande apoio acarreado por Mané e Maria Rita, por seu prestígio e respeito entre os eleitores, foi muito agitado e a convivência entre os dois despertava um misto de sentimentos que ambos tinham dificuldade em definir, mas que não podiam mais evitar. Além da amizade, da confiança e do companheirismo, agora esse objetivo comum os unira de uma forma que a comunidade já os via como um casal. O amor de Mané era cada vez mais evidente e Maria Rita sentia-se amparada e acolhida quando estava com ele.

A eleição foi uma barbada, decidida com uma margem de votos de grande expressividade, o que acarretou um grande apoio por parte dos integrantes da câmara municipal.

Mané já era uma unanimidade na comunidade e Maria Rita ia se consolidando como outra.

A ação e as iniciativas dos dois na prefeitura tiveram um grande sucesso, a cidade recuperava a sua pujança, atraindo grandes investidores da pecuária e da agricultura e fomentando enormemente o comércio.

O fortalecimento das finanças da prefeitura, que voltara a investir na vocação principal da cidade, atraiu novas famílias com potencial de investimento, gerando mais e mais negócios e muita prosperidade.

A reeleição foi outra barbada e o segundo mandato foi marcado pelo casamento de Ana Letícia. Seu noivo era um jovem agrônomo, vindo da capital e contratado pela cooperativa.

SONHOS, MEMÓRIAS E DIVAGAÇÕES

Mané fundara uma pequena escola agrícola cujo objetivo era de aumentar a disponibilidade de mão de obra treinada, trazendo tecnologia que garantiria a prosperidade das pequenas propriedades.

O hospital ganhara duas novas alas, uma delas exclusiva para maternidade e outra para queimados, cuja demanda decorria da prática de se limparem as roças pelo fogo e dos acidentes decorrentes dessa prática.

Certo dia, em uma missa, Maria Rita segurou as mãos de Mané, não como já fizera outras vezes em eventos de natureza política, mas em um momento de contrição durante o sermão do pároco, que falava sobre a importância da família, da fidelidade e do amor entre marido e mulher.

Maria Rita, emocionada, confortou-se entrelaçando sua mão na de Mané.

Eles se entreolharam e dos olhos de Maria Rita rolaram duas pequenas lagrimas, Mané soltou a sua mão e a abraçou, ela se deixou conter, deitou sua cabeça sobre o peito dele e assim permaneceram, sequer se deram conta do fim do sermão, sentaram-se ainda abraçados, incapazes que estavam de se separar.

Na caminhada ao galpão da paróquia, onde um almoço comunitário era sempre realizado após as missas de domingo, seguiram abraçados e souberam enfim que o seu destino era o de ficarem juntos.

E assim o fizeram, sem mais palavras, sem explicações, ela foi com ele para a sua casa e lá estão até hoje, juntos, inseparáveis por fim.

14. SINGELEZAS

Este mundo, se você reparar bem, está cheio de singelezas. Coisas cuja importância e significância quase ninguém percebe, ou parecem não precisar ou apreciar. Acho que sou uma delas, muitos acham que sou.

Passo meu tempo distraído, lendo um livro ou escrevendo sobre coisas que me importam, mas não sei se importariam a mais alguém.

Eu me levanto cedo, tenho o hábito de molhar as plantas e depois molhar a rua antes que os carros comecem a passar; esse é um hábito que herdei de meu avô, para não levantar poeira.

Tomo meu banho, faço café e como um misto quente; pão francês, queijo, presunto e duas rodelas de tomate que salgo levemente. Depois me dirijo ao trabalho; sempre tomo um lugar em pé no ônibus, já próximo da porta de saída. O cobrador recebe o meu dinheiro sem olhar para mim. São apenas vinte minutos até o trabalho, sou sempre o primeiro a chegar, por isso apenas o vigia noturno sempre vem me cumprimentar: "Bom dia, Sr. Anísio, tenha um bom dia de trabalho".

Minha sala fica no final do corredor que cruza todas as outras salas onde trabalham meus companheiros. Sou almoxarife, trabalho isolado e meu contato com os demais colegas ocorre apenas quando sou solicitado; eles tocam uma campainha, eu apareço no guichê para atendê-los e às suas solicitações. São sempre poucas as palavras trocadas, eles vêm com uma folha de requisição, que leio para entender a natureza da necessidade de cada um.

Ao final um "grato" ou um "muito obrigado" encerra a visita. Volto para o meu canto, uma mesinha no fundo da sala, pelo corredor por entre as prateleiras onde tudo fica armazenado.

Depois do trabalho, caminho até uma praça que fica a meio caminho de casa e sempre carrego algo para alimentar os passarinhos. Me sento sempre no mesmo banco, bem atrás do coreto e onde há uma fonte luminosa com um pequeno espelho d'água, onde os pássaros vêm bebericar. Passo ali algum tempo, eu os alimento e me distraio com as suas revoadas, depois sigo em caminhada até a minha casa; são dois trechos de vinte a vinte e cinco minutos a pé diariamente, o primeiro do trabalho até a praça e o segundo da praça até minha casa.

Molho as minhas plantas; gosto de fazer isso ao final das tardes, quando a noite principia, principalmente nos dias mais quentes.

Moro sozinho e isso me permite uma vida bem simplificada, metódica e organizada.

Ninguém nunca me visita e acho isso um conforto, não sou bom de conversa, nem tenho muita paciência para escutar.

Já estou próximo da aposentadoria e ultimamente isso tem me causado uma certa perturbação. O que fazer do tempo extra que a aposentadoria vai me propiciar?

Não quero deixar de ir à praça, os passarinhos não entenderão, sentirão a minha falta. Vão estranhar ver aquele banco, atrás do coreto, que eu visito todos os dias, vazio.

Outra pessoa passará a atender a campainha no almoxarifado e ocupará, solitária, a mesa onde por tantos anos eu me sentei.

E eu, o que me restaria fazer?

Fui enchendo a minha casa de plantas e flores das quais eu precisaria cuidar. Comprei um papagaio que cantava; Bicudo era o nome dele, nunca entendi que música era aquela, mas era com certeza um canto muito popular.

Ele se acostumou a me seguir pela casa e eu falava com ele, ele parecia entender, mas sua resposta era sempre a mesma: "Loro quer cantar, loro quer cantar" e cantava.

Um dia ele pronunciou algumas palavras que eu sempre repetia para ele. Descobri que o canto era uma estrofe de uma música de Roberto Carlos, Emoções. Ele dizia: "… e eu só sei que emoções eu vivi", isso me chamou a atenção, parecia uma mensagem, um puxão de orelha.

Minha aquisição seguinte foi uma cadelinha vira-lata, Pipoca. Demorei um pouco a me acostumar, mas ela aos poucos aprendeu a fazer suas necessidades na área de serviço e isso foi um grande alívio, a sua alegria ao me ver retornar à casa era contagiante.

Passeávamos juntos; eu a levava à praça nos fins de semana, ela assustava os pássaros, mas ainda assim eles rondavam o banco onde eu me sentava e de onde eu atirava alpiste ou fubá grosso.

Quando me aposentei não houve festa, apenas alguns agradecimentos com votos de boa sorte. Ganhei um relógio da marca "Oriento", japonês, mas ele parou de funcionar poucos dias depois.

Aos poucos fui descobrindo que as plantas e os animais, Bicudo e Pipoca, me ajudavam a ocupar o dia.

As minhas gavetas iam se atolando de cadernos com os meus escritos, que nelas eu ia guardando.

Decidi relê-los, fazer correções e enriquecê-los, fui ordenando de uma forma que juntos fizessem sentido, eu os lia para Pipoca e para o Bicudo; eles me ouviam, ou fingiam que ouviam, e o faziam em silêncio. Pipoca latia nos intervalos de leitura, parecia dizer "continue, continue".

Um dia decidi publicá-los, enviei uma seleção de escritos a uma editora e eles responderam positivamente, demonstrando interesse pelo material enviado.

Nele eu contava sobre o meu compromisso com os pássaros na praça do coreto, do orgulho pela exuberância das plantas e flores que eu cuidava, da alegria com que Pipoca me contagiava sempre que eu chegava em casa, de nossos passeios e do alvoroço de Pipoca tentando alcançar os pássaros em suas revoadas ao redor do banco onde eu me sentava e das conversas que tinha com Bicudo e outras coisas de pouca significância, mas que para mim significavam muito.

Que as pessoas que testemunhavam a minha vida, incluindo aí Bicudo, Pipoca, os pássaros da praça e todas as plantinhas que eu cuidava, nada poderiam dizer de mim, mas eu sabia o que elas diriam se assim o pudessem fazer. Diriam: "Lá vem Anísio, um homem simples, apreciador de singelezas, para quem todos nós importamos e para cuja vida agregamos sentido".

O livro foi publicado e a editora insistiu em um evento para lançamento, eu disse a eles que não saberia quem convidar, além de Pipoca e Bicudo. Eles me tranquilizaram, disseram que o lançamento se faria em um evento com vários escritores e um público que lá estaria por amor à leitura.

Acho que eu me saí bem, umas tantas pessoas me procuraram para falar do livro, atraídos pela sinopse: "Eu, Bicudo, Pipoca e todas as outras singelezas de minha vida".

Acho que a razão para isso era a constatação de que a vida não precisava ser vazia. Há sempre pássaros faminto nos parques, dispostos a nos brindar com alegria. Animais que nos fazem companhia e que sempre nos recebem com alegria e que com eles eu troco mais palavras a cada dia do que em trinta anos de guichê de almoxarifado.

15. UM DIA PARA ESQUECER

Hoje eu não tenho muito para dizer, na verdade não tenho mesmo é nada, me sinto oco, vazio.

SONHOS, MEMÓRIAS E DIVAGAÇÕES

Um dia totalmente dispensável, daqueles para serem esquecidos.

A vida não deveria ter dias assim, mas tem e isso é muito ruim.

Começa assim que nos despertamos; dia nublado, ameaça de chuva. Os cães latindo excessivamente, o lixeiro passou mais cedo, antes que eu pudesse pôr o lixo para fora, piso no cocô de cachorro e caminho pela sala. Sujo o tapete e só me dou conta quando sou repreendido, como se fosse de propósito.

Vou fazer café e descubro que o pó acabou, que não tem pão.

Pego a chave do carro para ir à padaria, o pneu do carro está vazio. Irritado, troco o pneu, dirijo até a padaria e me dou conta de que esqueci a carteira.

Volto a casa, apanho a carteira, sem notar que não tem dinheiro nela. Passo pelo caixa automático e, de volta à padaria, pego o pó de café, mas o pão já acabou. Outra fornada apenas daqui a meia hora.

Começa a chover, vou ao borracheiro, reparar o pneu, ele me diz que precisamos esperar a chuva passar. A chuva não para, então penso: "Vou perder a nova fornada", fui embora sem consertar o pneu.

Volto para casa, a luz acabou e minha cafeteira é elétrica. Penso em fazer o café no fogão, que é a gás, mas o acendimento é elétrico, preciso de um fósforo para acender o fogo, não tem fósforos; quem tem fósforos em casa que tem fogão de acendimento elétrico?

Vou de novo à padaria, lá não tem fósforos. Acho uma farmácia aberta, lá também não tem fósforos, mas tem um isqueiro da BIC, daqueles coloridos, comprei logo dois deles e voltei para casa.

Acendi o fogão para ferver a água e coar o café; a água ferveu, derramou no fogão, mas por fim pude coar o café, que ficou fraco.

A chuva parou e a luz voltou, saí para o trabalho, outro pneu furou, agora o estepe também está furado. Encostei o carro para chamar um táxi. Me dei conta de que esqueci o celular, voltou a chover, fiquei ali, preso no carro por quase uma hora. Enfim a chuva parou. Caminhei até a avenida para pegar um táxi, mas com a chuva só passavam táxis ocupados.

Enfim um táxi parou, me dirigi ao trabalho e liguei para o seguro para pedir atendimento pelo pneu furado, aí descobri, o seguro venceu um mês atrás. Tentei renovar, me exigiram uma nova vistoria.

Peguei outro táxi, fui até onde deixei o carro, peguei um dos pneus furados e me dirigi ao borracheiro. Após o conserto voltei ao carro, troquei o pneu e, precavido, voltei ao borracheiro para consertar o outro.

Voltei para casa, me lembrei que não tinha almoçado, pedi um delivery que demorou mais de uma hora e a comida chegou fria. Fui limpar o cocô da sala, o tapete ficou manchado, fui de novo repreendido.

Liguei a TV, era dia de jogo, meu time perdeu.

16. MEIRINDA

Em um domingo, nas férias de julho, ela foi ao cinema. O filme era Love Story, uma versão de Romeu e Julieta, de Shakespeare.

Lindo, um amor que tentava superar o ódio entre famílias, mas onde os dois amantes sucumbem, primeiro ele, que acreditava que sua amada estava morta, em seguida ela, ao constatar que ele já não vivia mais. Um estrata-gema que não funcionara.

Ela chorou ao final, perguntava-se: "Por que os finais das histórias não são sempre felizes?".

Tinha se sentado na segunda fila de cadeiras, não queria perder nada.

Saiu do cinema sozinha, assim como havia entrado, seriam poucas quadras até a pensão, já era quase a hora do jantar.

Aos domingos serviam macarrão com almôndegas, que ela adorava.

O nome dela era Meirinda, como a avó materna.

Chegara em São Paulo um ano atrás. Veio para estudar e conseguira um emprego em uma loja de conveniências de um posto de gasolina; esquen-tava no micro-ondas os salgados que eram vendidos ali, preparava cafés e cappuccinos de máquina, servia as quatro mesinhas ali disponíveis e cuidava da limpeza da pequena loja.

Ganhava um salário mínimo mais horas extras, que eram frequentes.

A pensão consumia um terço disso, a escola um outro terço, porque tinha bolsa, cinquenta por cento.

Fazia escola normal, queria ser professora de ciências e história, era esse o seu desejo.

Ela não era uma moça bonita, tinha cabelos amarelados e desajeitados, o rosto marcado por espinhas mal cicatrizadas. Era baixa, um pouco gordinha e tinha um jeito desengonçado de se mover. Tinha uma risada compulsiva e ruidosa, sempre tapava a boca com as mãos ao rir.

Em dois anos já poderia prestar concurso, se tornar uma professora do Estado, da escola pública.

Meirinda sempre foi muito sozinha, evitava as festas, pois se sentia humilhada por quase nunca ser convidada para dançar. Nunca teve um namorado e morava na parte mais distante da cidade, o bairro do Peixoto, já na saída norte.

Era uma cidade pequena, Cássia era o nome, ficava a menos de cem quilômetros da cidade de Franca, já em São Paulo, mas seu sonho era ir morar na capital, a cidade dos arranha-céus e dos shopping centers.

Ela escolheu um bairro simples, mas próximo do centro. Encontrou na Casa Verde, um bairro a vinte minutos do centro, uma pequena pensão, a casa de Dona Ceição. Uma casa baixa, com apenas quatro quartos, uma pequena sala, cozinha, uma copa e dois banheiros.

Os quartos maiores tinham quatro camas, os menores, como era o dela, apenas um beliche, que poderia acomodar duas meninas, homens não eram aceitos na pensão, mas Meirinda estava momentaneamente só, ocupando o quarto.

A pensão oferecia roupa de cama limpa, trocada a cada semana, café da manhã e duas refeições comunitárias, sempre com hora certa. Era Dona Ceição a cozinheira. Ela tinha uma ajudante, Marina, ajudava com as tarefas da casa.

Meirinda tinha um irmão, Donizete, que não era estudado, vivia de bicos pelas fazendas ou cuidando de hortas pelas casas da cidade. Era um sujeito íntegro, do tipo confiável.

Donizete amava a irmã e se ressentia da ausência dela, isso o preocupava; Meirinda só, na cidade grande.

Ela teve vários amores, nunca teve a coragem de se declarar, o maior deles, Mariano, um jovem bonito, destaque nos esportes que praticava, mas que nunca olhara para ela.

Ela o via nos encontros que os jovens da cidade tinham na igreja e nas festas do município onde ela costumava trabalhar, era ela quem se sentava na cadeira da chapelaria, guardando chapéus, bolsas e os casacos, ali ficando até o final da festa.

Assim rejeitada, Meirinda foi se endurecendo, foi perdendo o seu interesse por quem quer que fosse, acostumada a ficar sempre sozinha, esquecida pelos cantos.

Seu amor era destinado a personagens de sonhos, de filmes e novelas.

Nunca se conformara com o final da história de Romeu e Julieta, achava uma grande injustiça cometida contra o amor daqueles dois jovens.

Certo dia, foi no mês de dezembro, ainda no seu primeiro ano em São Paulo, ao voltar do trabalho para a pensão, notou um movimento diferente na casa e Dona Ceição a chamou para apresentar-lhe Bernadete, sua nova companheira de quarto. Bernadete se parecia um pouco com ela, tinha quase a mesma estatura, mas era de tez morena e cabelos escuros. Tinha olhos curiosos, mãos e pés pequeninos e pernas grossas. Houve uma grande empatia entre as duas, pareciam seres de um mesmo mundo, compartilhando de uma mesma sina.

Bernadete chegara recentemente do interior da Bahia, veio acompanhando uma família para a qual trabalhava como babá e arrumadeira. Ficou com eles por pouco mais de um ano até que a família precisou mudar-se uma vez mais; o patrão era um oficial da Marinha e foi transferido para o norte do país. Dessa vez Bernadete decidiu ficar, arrumou emprego em uma loja de eletrodomésticos e foi encaminhada à pensão de Dona Ceição por uma colega de trabalho, que já havia morado lá antes de casar-se.

Meirinda e Bernadete tornaram-se amigas, passavam os dias de folga juntas; iam ao cinema, visitavam parques da cidade e frequentavam os shopping centers aos sábados e domingos. Meirinda dava plantões em finais de semana, trocando por folgas durante a semana e Bernadete trabalhava todos os sábados até o meio-dia.

Aos poucos foram descobrindo que tinham gostos comuns, o macarrão com almôndegas era um deles, mas, mais do que isso, amavam histórias de amor, aquelas com finais felizes, e tinham ressentimentos de natureza semelhante; o sentimento de serem subvalorizadas por seu aspecto físico e timidez era um deles.

As duas eram quase sempre vistas juntas e algum tempo depois Bernadete encaminhou Meirinda para tentar uma vaga que havia surgido na loja de

SONHOS, MEMÓRIAS E DIVAGAÇÕES

eletrodomésticos, com um salário um pouco melhor e com comissão sobre as vendas realizadas, o que era um progresso significativo, então as duas passaram a trabalhar juntas.

Ao mesmo tempo em que Meirinda era introspectiva e mais reservada, Bernadete era mais arrojada, tinha uma inquietude que chegava a ser perturbadora, mas Meirinda se acostumara a seu jeito de ser; era a melhor vendedora da loja e sua desenvoltura com os clientes fazia dela uma costumeira "funcionária do mês". Meirinda aos poucos absorveu um pouco do comportamento da amiga e se beneficiava dos clientes que eram repassados por Bernadete a ela.

Certo dia, Bernadete confessou a Meirinda que um colega da loja a havia convidado para sair. Iriam a uma festa que ocorria em um parque da cidade, com shows gratuitos e barraquinhas que ofereciam diversos petiscos. Nessa noite Bernadete chegou à pensão tarde da noite, ao entrar no quarto Meirinda logo percebeu que algo de errado acontecera, ouviu o choro reprimido de Bernadete e se aproximou para confortá-la. Bernadete lhe contou que após a festa saíram para dar uma volta de carro. Ela estranhou quando seu acompanhante parou o carro em um local ermo e mal iluminado e a forçou a fazer sexo com ele. Foi a sua primeira vez e ela se sentiu maltratada e humilhada. Meirinda a abraçou e as duas se deitaram juntas na cama de Meirinda na parte de baixo do beliche, e amanheceram assim o dia, abraçadas.

Meirinda aconselhou Bernadete a denunciar o canalha, mas Bernadete tinha receio de perder o emprego, uma vez que um escândalo seria difícil de ser evitado, não tinha certeza se acreditariam na história dela; as pessoas têm a tendência de acreditar mais no rapaz bem-apessoado do que na menina feia.

Meirinda aceitou os argumentos de Bernadete, mas guardou aquela mágoa como se fosse dela; tal agressão não poderia ficar sem punição, alguma reparação era devida.

Com o passar do tempo, o caráter de Alfredo (sim, Alfredo era o nome do infeliz) foi transparecendo e ele foi demitido, o que acabou por colocar o ocorrido no esquecimento.

Bernadete tomou ojeriza por homens e nunca mais voltou a aceitar convites para sair. Recuperara seu jeito alegre e espevitado e isso fazia Meirinda feliz.

Já era o mês de maio do segundo ano de Meirinda em São Paulo e em uma noite de uma quarta-feira Bernadete chegou na pensão agitada, procurou por Meirinda e mal podia conter sua excitação. Contou a ela que havia encontrado no centro da cidade um pequeno apartamento cujo preço era menor do que o que as duas juntas pagavam na pensão. O apartamento era no terceiro andar de um prédio sem elevador e possuía apenas um quarto, mas tinha alguma mobília; fogão, uma geladeira, um sofá cama e uma cama de casal; e estava bem conservado. A rua era bem movimentada e tinha uma boa oferta de transporte público e pequenos restaurantes por perto, onde elas poderiam fazer as refeições a preços módicos.

A ideia, a princípio, não entusiasmou Meirinda, mas ela acabou cedendo à insistência de Bernadete movida pelo medo de perder a oportunidade.

As duas se mudaram; foi em um sábado para aproveitar o fim de semana. Pouco a pouco foram dotando a casa de coisas que eram necessárias; armários para a cozinha, eletrodomésticos, uma cristaleira, uma televisão e uma pequena cômoda, já que o quarto não comportava um guarda--roupas, e o foram enfeitando de forma a dar ao pequeno apartamento alguma personalidade, algo com a cara das duas.

As duas nunca foram dadas a demonstrações de afeto de uma para a outra, nem em público e nem em privado.

Inicialmente Meirinda dormiria no sofá-cama da sala e Bernadete na cama de casal no único quarto do apartamento. Não raro as duas adormeciam juntas no sofá-cama da sala e com o tempo decidiram que podiam compartilhar a cama de casal. E foi nessa cama de casal que contatos fortuitos, toques involuntários, foram acendendo uma sensibilidade que nenhuma das duas jamais havia experimentado.

Esses contatos físicos foram se tornando muitas vezes propositais até que um dia se deram conta de que podiam dar prazer uma à outra.

A primeira vez teve a iniciativa de Bernadete, ela tocou os seios de Meirinda enquanto massageava com as coxas o seu ventre, por entre as suas coxas, e se surpreendeu com a reação de Meirinda, que tocou com as mãos o seu sexo e pela primeira vez pôs-se a beijá-la. Primeiro nos ombros, subindo por seu pescoço, chegando às suas faces e por fim em seus lábios, longos e apaixonados beijos que Bernadete retribuía, abrindo a sua boca para que Meirinda a penetrasse com sua língua.

Assim as noites seguintes se sucederam, novas experiências e sensações eram experimentadas, sempre com um grande acolhimento e reciprocidade por parte da outra.

Pelas manhãs, nunca falavam sobre o ocorrido, apenas se olhavam, com timidez e uma certa vergonha, até que um dia decidiram falar sobre isso.

Tinham a sensação de que poderiam estar fazendo algo de errado, algo que não poderiam assumir abertamente. Tinham um grande receio da reação das outras pessoas com quem conviviam.

Enquanto evitavam demonstrações de afeto em público, em casa a troca de afeto passara a ser frequente; assistiam a TV de mãos dadas, passaram a se banhar juntas e se beijavam ao acordar e antes de dormir.

Em um domingo à tarde, ao passear pelo shopping, observaram um casal de rapazes que caminhavam de mãos dadas, que se abraçavam amiúde, sem parecer se importarem com quem os estivesse observando.

Muitas pessoas olhavam com olhares de repreensão, mas não passava disso. Era uma troca de afetos sem exageros, nada que pudesse ofender ou causar constrangimento às demais pessoas que também passeavam por ali.

Nesse dia as duas deram-se as mãos e caminharam juntas, uma sensação de liberdade se apoderou delas, toda aquela precaução de que os demais se apercebessem de que as duas se amavam e desfrutavam da companhia uma da outra pareceu absurda, desnecessária e isso deu a elas coragem de deixar transparecer o que sentiam uma pela outra.

Meirinda finalmente se formou professora e começou a lecionar em uma escola particular nos arredores de seu apartamento, enquanto esperava pelos concursos para a escola pública. Bernadete já ocupava uma vaga de supervisora de vendas, responsável pela análise e aprovação de crédito para os clientes que preferiam financiar suas compras.

O concurso para escolas estaduais veio e Meirinda foi aprovada, agora as duas já tinham dois novos projetos, arrojados, mas possíveis de se concretizar; comprar o pequeno apartamento e adotar uma criança.

O congresso nacional havia aprovado uma lei que reconhecia a união de pessoas do mesmo sexo, dando a elas o direito de pleitear financiamentos baseados na renda conjunta, o que tornou realidade o primeiro projeto, um apartamento, agora com dois quartos, no segundo andar do mesmo prédio onde moravam.

Elas já estavam há quase um ano em uma fila de adoção e um dia, por fim, a adoção de uma menininha de dois anos foi autorizada. Manoela, uma menina alegre, de rostinho redondo, pernas grossas e cabelos cacheados.

E assim prosseguiu essa história, anos e anos felizes de duas mulheres que se descobriram amando uma à outra, mostrando que o amor pode aparecer onde menos se espera. Que os solitários atraem outros solitários e a solidão por fim se vai, para não mais voltar.

17. ECOS

Hoje as vozes ecoam mais alto em minha cabeça. Elas vêm daqueles que me antecederam, das pequenas porções que cada um deles logrou impregnar naquilo que sou hoje.

Não são vozes de fantasmas, mas de lembranças vivas que ficaram guardadas em mim.

Suas lágrimas retornam em chuvas que irrigam e fecundam a minha imaginação.

Elas me gritam e pedem que me insurja contra o fim que se aproxima.

Que este mundo, ainda fecundo, que gesta tudo o que está por vir, que ainda pode ressurgir, se lembre quem eu sou e do que sou feito.

Toda dor que ainda está a se transformar pela compreensão e pelo entendimento de que assim é a carne, de que em todo crescimento há a dor, mas também o prazer de a superar.

Vozes ecoando em mim, foi tudo o que restou. Ossos despidos de suas carnes, que putrefatas se tornaram pó, guardados em caixas de madeira, também consumidas pelo tempo, invadidas pelos vermes e desmanchadas pela humidade.

Me cobram a minha responsabilidade de compartilhar tudo o que sei e tudo o que guardei sobre os saberes alheios, para que no meu fim eu não os leve comigo, ao esquecimento.

Não me basta apenas contar o que sei, sobre mim e sobre eles, espalhar pelo mundo pequenas porções de conhecimento, então resolvi juntá-las, as lembranças e as coisas que sei, as coisas que de muitos guardei, em um livro, um verdadeiro contêiner onde tudo poderá, a qualquer tempo, depois do meu tempo, ser encontrado, como uma caixa de tesouros que não será enterrada ou escondida, mas deixada aberta, pelas estantes de qualquer livraria ou biblioteca.

Então, tudo o que sei e todos os saberes que guardei estarão disponíveis, impressos em folhas brancas; páginas e páginas compostas de variedades e minúcias e por fim todos saberão e essas vozes nunca mais se calarão, serão para todo o sempre ouvidas.

18. LAVÍNIA

As árvores, com o vento, parecem conversar entre si, espalham e revelam segredos, coisas trazidas de longe, de terras distantes, de pessoas que nada sabem destas nossas terras, pessoas cujos pés jamais pisaram por aqui, cujos olhos jamais vislumbraram nossos arredores, cujas narinas jamais sentiram os aromas de nossos jardins, pessoas a cujos ouvidos jamais chegaram os ruídos de nossas ruas e de nossas florestas.

Impertinentes que são, essas árvores indiscretamente revelam sobre as vidas alheias, para quem puder ouvir, para quem puder interpretar. Elas o fazem instigadas pelos ventos, que as fazem falar. Falam umas às outras e assim dispersam tudo o que sabem pelos domínios das florestas, avançam pelas cidades, pela orla marítima, pelos parques e pelas praças, incansáveis faladeiras que são.

Eu as escuto e hoje elas me contam sobre Lavínia, uma menina de doze anos que está perdida na floresta, contam sobre os homens e seus cães que a estão procurando e sobre um pai e uma mãe que foram tomados pelo desespero.

Contam ainda sobre uma velha cabana, em uma clareira no interior da floresta, e sobre uma velha senhora que vive lá e que acolheu a criança dizendo: "Fui eu quem te chamei, Lavínia, foi o meu chamado que a floresta levou até você, é chegada a hora de seu treinamento, minha hora está por terminar e preciso preparar a minha substituta, que será você".

A busca cessou alguns dias depois e a floresta silenciou-se sobre o desaparecimento de Lavínia, ocupada que estava falando de outros assuntos.

Lavínia não entendia muito bem, mas aceitara seu destino, sentia-se acolhida naquela cabana e aquela pequena clareira, no meio da floresta, passou a ser o seu mundo.

Aprendeu sobre os animais; suas rotinas e serventias. Aprendeu sobre as ervas, seus efeitos curativos e o seu cultivo, sobre as árvores e seus frutos, sobre os pássaros que nelas faziam seus ninhos e sobre os seus cantos. Aprendeu as falas de todos os seres viventes da floresta, aprendeu a ouvir as árvores farfalhando sob o vento.

Aprendeu sobre as estações, seus impactos e influências sobre a floresta e os seres vivos. Só não aprendeu sobre os homens, limitando-se ao pouco que ainda tinha na memória.

Assim Lavínia crescia; tornara-se uma intérprete da floresta e dos animais, entendia como ninguém a vida e a serventia de tudo que habitava a floresta e que a floresta era a imagem mais fiel da natureza, que ia além, incluindo os rios, os lagos, os vales e as montanhas e tudo que neles era contido, tudo convivendo em uma harmonia que só a natureza com suas leis perfeitas poderia propiciar.

Certo dia Lavínia perguntou à velha (seu nome era Eugênia): "Senhora Eugênia, eu queria saber mais sobre os homens, sobre o meu propósito e o de meus aprendizados aqui".

Ela respondeu: "Lavínia, minha querida, há um grave litígio, entre os homens e a Natureza, as florestas estão sendo dizimadas e com elas todos os seres indefesos que dependem delas. Os homens se esqueceram que eles também fazem parte da Natureza, mas eles já não a entendem como costumavam em outros tempos, acreditam que devem servir-se dela e a estão destruindo, por ganância e por ignorância. É preciso que alguém esteja preparado para explicar a eles a importância da Natureza e a sua relação com ela e assim reintegrá-los, trazendo de volta a harmonia e o respeito mútuo. O tempo urge!".

Lavínia perguntou ainda: "Mas e a senhora? Não estaria a senhora mais bem preparada para essa tarefa?".

Eugênia respondeu então: "Lavínia, não pertence a mim essa escolha, você é a escolhida. Você será dotada de grande poder que decorrerá de seu conhecimento e entendimento da Natureza. Há ainda uma questão relacionada ao tempo; tudo ocorre no tempo certo e o tempo certo é o seu tempo, eu estou aqui apenas para assegurar que seu acolhimento seja completo, para que a floresta e seus habitantes te reconheçam e compreendam que você será a sua grande aliada, que você será a interface que voltará a unir os homens e a Natureza, para que o Éden volte a existir na terra".

Naquela floresta nenhum animal temia a presença de Lavínia, em realidade eles a buscavam para serem tratados e curados de doenças e ferimentos.

Eugênia havia há muito preparado uma horta de onde elas retiravam seus alimentos, Lavínia fizera com que a horta florescesse em variedade e quantidade, de forma que a mesa onde as duas comiam fosse farta e variada.

Lavínia falava com os animais e eles pareciam compreendê-la, acatavam os seus pedidos e obedeciam às suas recomendações.

Também as árvores e outras plantas pareciam compreendê-la, respeitavam a pequena clareira sem jamais invadi-la, abelhas produziam mel e jamais se irritavam com os bocados recolhidos por Lavínia para seu consumo. O mel era colocado em potes e guardado na pequena despensa da casa, era mais consumido no inverno quando a produção da horta se tornava mais escassa. Também a própolis era coletada e usada no combate a enfermidades e fortalecimento da imunidade, Lavínia, assim como Eugênia, jamais adoeceu ou sofreu de mal-estares, crescendo saudável e portadora de uma energia invejável. Foi se transformando em uma moça linda e inteligente; Eugênia jamais se descuidou de sua formação intelectual, ambas liam clássicos que a senhora guardava em um baú em um canto da sala. Quando precisavam de algo, era Eugênia que sempre ia à cidade.

Certo dia, Lavínia caminhava pela floresta quando foi advertida por um pássaro, era uma cotovia que revoava ao redor de Lavínia e foi aos poucos conduzindo-a a uma pequena grota à beira de um riacho e lá Lavínia encontrou dois pequenos filhotes de lobos que pareciam estar sós. Por alguma razão a mãe os havia abandonado e, como já sabia Lavínia, essa razão era forte o suficiente para que uma mãe viesse a abandonar os seus filhotes.

Lavínia os recolheu e levou para a cabana, tratou deles e os chamou de Ulisses e Golias; Golias era o mais forte, mas Ulisses era o mais ágil e vigilante, ambos eram inteligentes e cresceram com uma interação com Lavínia a ponto de se tornarem seus companheiros inseparáveis.

Pouco a pouco Lavínia desenvolvera a capacidade de se comunicar com os animais, ouvia suas aflições e até intermediava conflitos. Ela entendia e respeitava a relação entre presas e predadores e não raro precisava ser consolada pelo desaparecimento de algum deles. Eram os lobos que a consolavam, Ulisses e Golias, Eugênia sofria com ela.

Dia após dia Lavínia se surpreendia com sua capacidade de interagir com a floresta e com os seus animais, mas, certo dia, começou a observar uma movimentação incomum de animais pela floresta. Primeiro foram os pássaros que revoavam assustados, movendo-se em direção ao interior da floresta; depois, um considerável contingente de animais também migrava para a parte mais densa da floresta, pareciam fugir de alguma coisa.

Lavínia pediu aos lobos que fossem averiguar o que estaria acontecendo. Eles partiram na mesma noite, voltaram dois dias depois com a alarmante notícia de que homens estariam invadindo a parte norte da floresta, muitas árvores haviam sido derrubadas e suas raízes estavam sendo arrancadas por parelhas de bois e búfalos.

Os homens da aldeia ali existente eram os responsáveis pela agressão. Lavínia tomou então a decisão de que iria até eles, para de alguma forma tentar detê-los, ou, pelo menos, para entender a razão dessa destruição. Ela preparou-se e partiu logo ao amanhecer, guiada pelos lobos Ulisses e Golias. Foi uma caminhada difícil pela floresta, não raro se deparavam com animais em fuga, muitos deles pediam a eles que retrocedessem, pois o perigo avançava, rápida e impiedosamente.

Lavínia tinha um ritmo de caminhada muito inferior ao dos Lobos, que já haviam feito o mesmo trajeto em pouco menos de um dia, a seu passo Lavínia avistou os homens na manhã do terceiro dia. Ela se aproximou pelo alto de uma colina e tinha uma visão quase panorâmica do que estava acontecendo. Homens com serras e machados avançavam deixando para trás apenas terra nua e arrasada. As árvores eram colocadas umas sobre as outras, organizadas por tamanho e diâmetro, depois de terem seus galhos cortados e amontoados em grandes pilhas separadas. Ela então pediu aos lobos que aguardassem por ela, mas eles se recusaram e a seguiram colina abaixo em direção aos homens e seus animais.

Ao se darem conta da aproximação de Lavínia, os homens interromperam as atividades. Houve uma intensa movimentação até que um rapaz, que parecia ser o líder do grupo, tomou a frente, espantado como todos com a visão daquela bela moça ladeada por dois lobos.

Ela parou logo à frente do grupo e Ulisses e Golias se afastaram um pouco para permitir a aproximação de Melquíades, o aparente líder do grupo.

Ele perguntou quem era ela e o que fazia ali. Ela sorriu e disse a ele: "Sou Lavínia, uma guardiã da floresta e estou aqui para impedir que essa destruição prossiga".

"E esses lobos?", voltou a perguntar ele.

"São meus amigos e guardiães", respondeu ela.

Melquíades tentou argumentar com ela que ela não devia, nem poderia, interferir no que estava acontecendo, que aquilo era uma necessidade dos aldeões para ampliar os pastos para os gados que criavam, vacas, carneiros e búfalos, e para ampliar a produção de alimentos para que ela viesse a atender às necessidades crescentes da aldeia.

"Pessoas estão passando fome", argumentou ele.

"Vocês não compreendem", reagiu ela, "a diminuição da floresta afetará o clima e os mananciais de água, o calor destruirá os roçados e castigará os seus animais. Não haverá água suficiente, pois as nascentes secarão e os ventos sazonais e as tempestades, com a sua violência, agora já não amenizada pelas florestas, derrubarão as suas casas, até então protegidas por elas. Em pouco tempo não haverá mais chuvas e suas colheitas minguarão e a fome assolará os aldeões e os obrigará a migrar para regiões mais férteis e cultiváveis. Vocês derrubarão mais florestas até que nada mais sobre e a terra não poderá mais acolhê-los. Será o fim da vida sem as florestas."

Melquíades parecia assustado com a ameaça trazida por Lavínia; como ela poderia saber?

Mas Melquíades era um rapaz inteligente, refletia sobre o que lhe fora dito a despeito da agitação dos colegas.

"O que deveríamos fazer, então?", perguntou Melquíades.

"Exatamente o contrário", respondeu ela. "Em lugar de derrubá-las vocês deveriam recuperá-las, trazer de volta a pujança das matas, a diversidade das plantas e dos animais, aprender a conviver com elas e a extrair delas tudo o que elas podem oferecer."

"Lavínia", apelou Melquíades, "talvez você possa me convencer, mas não sei se poderei convencer os demais. Muitos deles já estão sem pasto para alimentar os seus animais."

"Eles precisam ser pacientes", respondeu ela, "soltem os animais que a Floresta cuidará deles, nela eles encontrarão formas de subsistir."

Melquíades sabia que ninguém jamais aceitaria tal sugestão e pediu então que Lavínia partisse e deixasse de se intrometer nos interesses dos aldeões.

Lavínia deixou escorrer algumas lágrimas, virou-se e partiu acompanhada de seus amigos lobos. Ela teria que encontrar uma forma de resistir e fazer entender àqueles homens o desatino de suas ações.

Ao chegar à cabana, Lavínia foi aconselhar-se com Eugênia, que primeiro a consolou e depois, assumindo um tom mais severo, disse a ela: "A floresta te deu enormes poderes, é chegada a hora de você usá-los, para o bem da floresta e de seus habitantes e até mesmo dos próprios homens, apesar de eles não se aperceberem disso. Fale com a Floresta, ajude-a a se defender".

Lavínia voltou então aos limites da floresta, os mesmos limites que os homens buscavam ampliar, e lá ela falou, primeiro com os ventos, que responderam soprando impiedosamente sobre a aldeia, espalhando os troncos de árvores cortados e desfazendo os montes de galhos que propiciariam madeira para alimentar fogueiras, fornalhas e os fogões das casas. Tudo era levantado em redemoinhos imensos e lançado em direção à aldeia, assustando os aldeões, que começaram a fugir de suas casas, frágeis construções de madeira e palha.

Quando o vendaval, que durara uma semana, cessou, os aldeões começaram a voltar e reconstruir suas casas. Lavínia então falou com as águas e chuvas torrenciais caíram por vários dias, transbordando rios que invadiam a aldeia, destruíam as colheitas e tudo o que havia dentro das casas; móveis, utensílios. Celeiros repletos da última colheita vieram abaixo e tudo o que havia neles foi levado pelas correntezas.

Depois foram os animais selvagens, lobos selvagens, javalis com presas enormes, ursos, cachorros-do-mato, cobras e todo tipo de animais peçonhentos passaram a ocupar os escombros das casas, impedindo o retorno dos aldeões.

Os aldeões então fugiam para outras aldeias, que, preocupadas, já se mobilizavam para impedir essa invasão descontrolada. Não haveria alimentos suficientes, nem acomodações, muitas pessoas se espalhavam pelas ruas de terra abertas, convivendo com os animais desgarrados, disputando qualquer pedaço de pão que pudesse ser encontrado. Muitos casos de invasões de casas por forasteiros obrigaram os aldeões dessas aldeias a se organizarem em milícias de patrulha e defesa, para impedir essas ações.

Foi quando Melquíades decidiu se embrenhar pela floresta à procura de Lavínia, em busca de uma trégua, de algum acordo que encerrasse toda aquela reação.

Ele vagou por vários dias e já estava sem alimento quando foi encontrado pelos lobos. Ulisses foi quem o farejou e foi ao encontro dele, deixando Golias para proteger Lavínia e Eugênia.

Ulisses o encontrou muito debilitado e o guiou até um riacho para que pudesse se lavar e saciar a sua sede.

O lobo entrou no riacho e voltou com um peixe, que Melquíades assou em uma pequena fogueira improvisada com musgo seco e gravetos, e então, só então, ele o conduziu à cabana, para encontrar Lavínia.

Melquíades encontrou Lavínia também debilitada, mover as forças da natureza não fora uma coisa fácil para ela, consumira muito de sua energia.

Ela e Eugênia o receberam na cabana, o alimentaram e proveram descanso. Melquíades dormiu por um par de horas, mas acordou angustiado por sua missão.

Melquíades queria saber a razão daquele castigo. A destruição da aldeia deixara muitas pessoas desamparadas e ao relento, vivendo da caridade alheia.

Lavínia disse a ele então: "Melquíades, eu apenas antecipei os tormentos que as suas ações, com a destruição das florestas, acarretariam. Vocês precisavam ver com os próprios olhos, sentir na própria carne e, em lugar de uma maldição, vocês deveriam interpretar tudo o que aconteceu como um aviso, uma mostra de que o caminho que vocês decidiram seguir era o caminho da autodestruição. Sei que vocês podem reconstruir tudo em questão de meses, mas o infortúnio reincidiria até que vocês não tivessem mais forças, ou recursos".

Lavínia já completara seus dezoito anos e Melquíades já ia a caminho dos dezenove, ela nascida em um mês de maio e ele em um mês de janeiro, menos de um ano era a diferença entre eles.

Os dois não sabiam, mas se sentiam atraídos um pelo outro. A velha Eugênia percebia isso e era essa a razão de tanta deferência para com Melquíades, sabia que esse encontro não fora fortuito.

"Meu povo está sendo rechaçado pelos vilarejos vizinhos, o acolhimento é muito tímido e limitado. Preciso fazer alguma coisa por eles."

"Vá e retorne com dez de seus melhores homens, traga ainda as suas mulheres, traga ferramentas, alguns animais de carga, bois preferencialmente, para construir barracos, vamos precisar de todos", disse Lavínia.

Melquíades, sem entender, acatou as instruções de Lavínia, partiu e retornou oito dias depois. Com ele duas parelhas de bois, algumas ferramentas; martelos, serrotes, machados e pregos. Uma carroça com palhas para cobertura e outra com toras leves para edificar barracos.

Lavínia possuía uma vasta sementeira, de onde tirava as mudas para a horta que cultivavam, mas Melquíades conseguiu com os chefes de vilarejos outras sementes e ferramentas, com a promessa de que os desabrigados seriam removidos brevemente.

Ela então os levou até uma parte da Floresta, não muito distante da cabana, onde as árvores eram mais esparsas e onde havia um riacho de águas límpidas correndo ali, a cerca de duas dezenas de passos, mas quatro metros acima do leito do riacho, cuja cheia não poderia atingir. Começaram a abrir uma clareira e a foram estendendo, acompanhando o leito do rio, desviando por entre as grandes árvores, mas retirando os arbustos menores de forma que essa clareira estendida já atingia cerca de oitocentos metros e de trinta a quarenta e cinco metros de largura, o suficiente para a acomodação de oitenta cabanas com área em torno de quarenta metros quadrados cada uma. Inicialmente construíram cerca de vinte cabanas e as cobriram com a palha trazida, pois elas serviriam para acomodar um outro grupo que seria encarregado de construir as demais cabanas. As mulheres trabalhavam na criação de uma horta e de sementeiras para formação das mudas. Dois pequenos currais também foram ali construídos para acomodar os animais, em geral aves, caprinos e bovinos, para prover ovos, leite e carne para a população da nova vila. Ali passariam a viver cerca de trezentas pessoas em regime cooperativo.

As áreas de mata derrubada seriam reflorestadas, mas de forma a acomodar pequenos roçados para o plantio de milho, cana, mandioca, batatas e outros vegetais e raízes apreciados pelos aldeões. Tudo isso aconteceria com o replantio simultâneo de árvores nativas, de forma a restaurar parcialmente a floresta e de forma que ela voltasse a acomodar seus inquilinos naturais, os pássaros e pequenos animais.

Outras pequenas clareiras seriam futuramente abertas para reprodução desse projeto, iniciado por Lavínia e Melquíades.

Os conhecimentos de Lavínia e Eugênia, passados aos aldeões, de certa forma revolucionavam a produção de alimentos, que cresciam em abundância, saudáveis e substanciosos.

Ao longo das margens dos rios foram encontradas grandes áreas, naturalmente descobertas e com serventia tanto para o plantio de roças quanto para a criação de animais, trilhas eram abertas interligando todos esses espaços que seriam agora ocupados pelos aldeões.

Haveria um pacto natural entre os aldeões e os animais selvagens da floresta, baseado em respeito mútuo e estrito aos espaços concedidos a cada um.

Outros aldeões começaram a chegar e foram se instalando nos barracos construídos enquanto outros eram levantados para acomodar mais gente. Para preservação da floresta e de seus moradores, que agora incluíam as pessoas, acordou-se que um vilarejo deveria acomodar um máximo de trezentas pessoas e cerca de cinco animais por família. A criação de aves seria comunitária e as clareiras acomodariam, além dos barracos, duas construções de maior porte para encontros e rituais comunitários. Eles serviriam ainda de escolas para educar as crianças.

Essa iniciativa de Lavínia e Melquíades prosperou e todos viviam em grande harmonia. Eles tinham lideranças que eram sempre respeitadas, mas a paridade na igualdade de direitos, oportunidades e responsabilidades era sempre buscada e apreciada pelas pessoas que ali passaram a viver.

Melquíades se casou com Lavínia e eles tiveram quatro filhos, duas meninas, Elvira e Lorena, e dois meninos, João e Ferdinando.

Essa paz perdurou durante décadas, com os homens convivendo em harmonia com as florestas e com os seus habitantes. Uma nova geração de pessoas, amantes e respeitadoras da natureza, se formou.

Mas, distante dali, começaram a surgir as "cidades"; grandes aglomerações de pessoas vivendo em casas construídas com pedras e tijolos, com ruas calçadas por onde passavam carruagens puxadas por duas ou três parelhas de animais, e os homens passaram a desenvolver novas ferramentas para trabalhar a terra, cultivando grandes plantações.

Essas "cidades" eram comandadas por senhores que possuíam um pequeno exército a seu dispor para garantir que um novo conjunto de regras fosse respeitado. O trabalho comunitário foi deixando de existir e uma parte do que era produzido era exigida pelos senhores locais como um justo pagamento pelo direito de exploração das terras e de seus recursos naturais, que eles consideravam suas propriedades.

As pessoas que não tinham terras, ou direito a elas, passaram a trabalhar para aqueles que as tinham. O faziam em troca de comida e do direito de instalar um pequeno barraco nos arredores das cidades.

Com esse novo modelo veio a fome e a escassez. A abundância que ainda havia beneficiava apenas um seleto grupo de senhores e seus pequenos, mas efetivos, exércitos.

Guerras passaram a ser travadas pelo domínio de terras e as cidades começaram a se fortificar, muralhas eram construídas e a entrada e saída das cidades era monitorada por homens armados, com instruções específicas sobre quem e quando poderia ter acesso às cidades.

A caça nas florestas foi proibida, passou a ser tratada como um privilégio, exclusivo dos senhores e seus protegidos. Mas, ainda assim, as florestas resistiam.

Com o desenvolvimento dessas cidades e o aumento da ganância de seus senhores, as florestas passaram a ser mais ameaçadas. A utilidade da madeira aumentava, seja para a construção de casas, pontes, embarcações e tantas outras aplicações. Isso fez o corte da madeira passar a ser muito rentável. Homens com seus animais adentravam as florestas escolhendo as melhores árvores, baseados em seu porte e qualidade, para corte. Essas árvores eram arrastadas por animais até as serrarias onde eram tratadas para as aplicações escolhidas.

Foram se formando estados e estados entravam em guerra com outros estados, por poder e riqueza e, mais uma vez, era a natureza que seria sacrificada.

As cidades passaram a formar cidades-estado, abrangendo grandes territórios e causando cada vez mais a escassez de recursos.

SONHOS, MEMÓRIAS E DIVAGAÇÕES

A alimentação frugal, baseada em frutas, legumes e raízes, foi sendo substituída por outra mais sofisticada. O trigo, a cevada e os legumes agora exigiam grandes extensões de terra. Raízes eram produzidas para serem fermentadas e transformadas em bebidas alcoólicas, cada vez mais apreciadas.

A inteligência humana florescia e novas máquinas e ferramentas eram inventadas, propiciando um aumento de produtividade, celeridade nos processos de beneficiamento de matérias-primas e gerando um maior conforto humano.

As máquinas a vapor foram desenvolvidas e a energia gerada pelo vapor já movia máquinas e veículos, dispensando o uso de animais de carga, em seguida veio a energia elétrica, que permitiu a sua aplicação em uma grande diversidade de máquinas e equipamentos, todos eles mais efetivos e mais eficientes, e a indústria passou a tomar lugar das lavouras e plantações.

A criação do trabalho remunerado foi afastando os homens pouco a pouco do campo, florestas inteiras eram derrubadas e transformadas em pasto ou em lavouras em questão de dias.

As grandes aglomerações de pessoas em torno das cidades foram causando o caos, mananciais eram poluídos, as matas de preservação de nascentes eram destruídas, e com elas as próprias nascentes e os rios foram secando, ou transformando-se em tímidos riachos correndo pelas matas ainda remanescentes.

Mas, lá naquela clareira, que ainda acomodava uma cabana e onde vivia uma menina linda, chamada Valquíria, provavelmente uma descendente dos descendentes de Lavínia e Melquíades, ela já tomara a sua decisão e, acompanhada de dois lobos, também prováveis descendentes de Ulisses e Golias, já iniciara a sua caminhada por uma das últimas florestas da terra para advertir os homens sobre o seu destino. Utilizando-se de ferramentas modernas e mais efetivas para comunicação, iniciou o seu alerta, buscando atingir ouvidos moucos, de homens insensibilizados pela modernidade e pela tecnologia e cegos, em seu afã do que consideram progresso.

Valquíria já inicia a utilização de seus poderes, para mais uma vez mostrar aos homens o seu destino a persistirem os seus desatinos. Os ventos e as águas já foram convocados, enchentes e furacões já começaram a devastar as cidades, muitas completamente inundadas, com suas plantações destruídas. Os leitos vazios dos rios vão se multiplicando, impossibilitando a sobrevivência de homens, plantas e animais. Mas está só no começo, a obra destrutiva do homem é vasta e se espalha através do Globo. Vai levar mais tempo, mas a natureza pode esperar.

Como termina esta história? Não saberia dizer. Este é o nosso tempo e a revolta da natureza apenas começou, está acontecendo agora. Teremos que esperar para saber como acaba.

Pessoalmente eu torço que tudo termine em pequenas clareiras sendo construídas no interior de florestas, com pessoas que entendam e respeitem que não há vida sem respeito à natureza.

Verde é a cor da vida.

19. REVISITANDO O PASSADO

O passado, que nunca nos deixa, é feito das coisas cuja falta nunca deixamos de sentir. Tantas coisas me faltam, coisas de cuja falta me ressinto.

Me faz falta a paciência do meu avô, assim como os seus momentos de impaciência e o desatino que o levava a esbravejar xingamentos como "capeta" e "excomungado".

Me faz falta o olhar sereno de minha avó, o acolhimento e a proteção que dela vinham; batatas fritas, jiló à milanesa, doce de banana.

O calor de dividir a cama com minha mãe, os sorvetes nas tardes quentes de verão, as viagens a Santos e a beleza singela que ela tinha.

A aporrinhação das minhas tias, as brigas com meus primos.

Também me fazem falta as peladas na rua Atílio Piffer, à noitinha, descalços, bola de capotão, traves marcadas por chinelos.

As visitas de Minduim, o cachorro do bairro, pretinho, baixinho, alegre e perspicaz, sempre à tardinha.

Os campos de várzea, os jogos e brincadeiras sazonais, todos eles; pião, pipas e barriletes (ou papagaios), balões, bilha (ou bola de gude), queimada, e muitos outros.

As festas juninas e julinas; as quermesses, as barraquinhas.

Correios elegantes e o prazer de ser preso com a menina amada (era essa a estratégia, um amigo mandava prendê-la e outro prendia você; estratégia óbvia, mas que sempre funcionava, custava apenas cinco cruzeiros).

As missas de domingo e os jogos que as sucediam.

Os amigos do bairro e as festinhas que atendíamos a pé; as conversas pelo caminho.

A volta para casa, em geral derrotados, algumas vezes vitoriosos por conseguir um beijo ou um número de telefone.

As festas de Natal, os jogos de futebol, nos estádios; Parque Antártica, Morumbi, Pacaembu.

Os sábados nos bares do Largo do Arouche.

Os rodízios de pizza, a casa da esfiha, o Filé do Souza.

Bar do Léo, Casa Nordestina, Boate Lancaster.

Casa dos Bordóns; Rita, Luizinho, Madel.

Tudo o que deixei, ou me deixou, mas segue vivendo em minha lembrança.

20. ÚLTIMO PEDIDO

Se no meu último momento a morte me concedesse um último pedido, eu diria: eu quero ser lembrado.

E, se o pedido concedido fosse, eu alcançaria a eternidade.

Para isso eu deixaria um livro, editado, falando de mim e das pessoas que amei, dos lugares por onde passei.

O meu nome gravado no tronco de um ipê, que eu mesmo plantei.

Um sobrenome para ser usado pela minha descendência.

Meu nome em uma placa de rua, lá no alto da Serra Capixaba.

Uma receita de macarronada.

E, se eterno eu não for, por muito tempo ainda serei lembrado.

21. SENSAÇÕES

Você já acordou e sentiu que não deveria estar ali onde você está?

Assim eu acordei hoje. Eu estava em minha casa, no bairro onde sempre vivi, com pessoas com quem sempre me relacionei, mas a sensação era de que eu não deveria estar ali.

Eu ainda não entendia e tive que regredir a pelo menos quatro décadas para rever os caminhos que me levaram até ali.

O lugar de onde eu deveria ter-me desviado para chegar aonde eu deveria. Não ali, mas noutro lugar, com outras pessoas.

Voltei aos meus quatorze anos, lá naquele apartamento de 50m², em Campos Elíseos.

Me lembrei dos amigos que tinha, não eram muitos (tínhamos todos a mesma idade, ou quase, mas situações financeiras muito semelhantes).

Era o ano de 1971, os generais mandavam no Brasil, o Brasil era tricampeão mundial, tudo visto em uma TV em cores, pela primeira vez. A TV nos foi dada por uma tia que trabalhava na loja de um judeu, Gedank, acho que esse era o nome.

Era uma "20 polegadas" e as cores eram uma novidade mágica.

Os cantores famosos da época, além de Roberto Carlos e os artistas da Jovem Guarda, Altemar Dutra, Luiz Vieira, Ângela Maria, Elizete Cardoso, Agnaldo Rayol, Agnaldo Timóteo, Trio Ternura, Golden Boys, e tantos outros.

Na TV os programas mais assistidos eram Silvio Santos, Almoço com as Estrelas, Chacrinha, Programa Flávio Cavalcanti, o Repórter Esso. Havia as novelas, de rádio e televisão (lembro de Albertinho Limonta, de "O Direito de Nascer", "A Cabana do Pai Tomás", e outras).

Eu não costumava pensar no futuro, até que começaram a pensar nele por mim.

As Escolas Técnicas eram uma realidade já há muitos anos, mas mais recentemente tomavam uma maior relevância e importância. As Indústrias do ABC paulista tinham uma demanda que precisava ser atendida e um programa do governo passou a incentivar esse engajamento.

Um primo aconselhou minha mãe a que me orientasse nesse sentido e assim foi.

SONHOS, MEMÓRIAS E DIVAGAÇÕES

Tínhamos que buscar vaga através de um tipo de vestibular e eu passei em uma das Escolas Técnicas mais conceituadas de São Paulo, a ETI, Escola Técnica Industrial Lauro Gomes, em São Bernardo do Campo.

Até aí, essas mudanças em minha vida me pareciam caminhos naturais, tornar-me um técnico especializado na cidade mais industrializada do Brasil.

Internamente eu aspirava ser um motorista de caminhão, depois um piloto de avião, mas no fundo eu queria ser qualquer coisa que me permitisse viajar. Essa era a minha paixão, rodar mundo, "correr trecho", como se costuma dizer.

Em minha casa éramos apenas dois, eu e minha mãe. Não que nossa família não fosse grande e unida, ela era, as duas coisas, mas naquele apartamento de 50m² éramos só eu e ela.

Um câncer a levou e hoje eu sei que esse foi um fator determinante. Eu fiquei sozinho, sem raízes que me fixassem a este ou qualquer outro lugar.

Naquele momento o Polo Petroquímico de Camaçari estava "bombando", se é que esse seria o termo apropriado, e havia uma grande demanda por mão de obra com qualquer tipo de especialização. Mais que uma oportunidade, aquilo era um chamado e eu o atendi.

Tomei um voo da VARIG e lá fui eu.

Inicialmente me hospedei na casa de uma tia, cujo marido também estava empregado em uma das indústrias de Camaçari.

Fiquei ali um par de anos até que me empreguei em uma empresa que tinha escritórios por todo o Nordeste, foi quando comecei minha peregrinação por toda aquela região. Da Bahia para o Rio Grande do Norte, de lá para Maceió, em Alagoas, João Pessoa, na Paraíba, Recife, em Pernambuco, São Luiz, no Maranhão, e Teresina, no Piauí, e muitas outras cidades menores cujos nomes me escapam agora.

Acho que isso durou cerca de cinco anos.

A empresa, que tinha seu escritório central no Rio de Janeiro, para lá me transferiu. Morei em um hotel, o Itajubá, na Cinelândia, por cerca de um ano.

Inquieto, que sempre fui, aceitei um convite para me tornar um trainee em uma empresa que prestava serviços para a Indústria de Óleo e Gás. Era uma multinacional e o desafio me pareceu interessante.

Trabalhei por um par de anos em Macaé até que fui transferido de volta para o Nordeste, onde boas oportunidades me esperavam e eu as aproveitei com bastante sucesso.

Em um mês em que eu estava de férias, decidi tomar um avião e fui me aventurar na Venezuela, onde, dessa vez, era o mercado de Petróleo que "bombava". Com dois dias lá, eu já estava empregado em uma outra multinacional e, por intermédio dela, eu passei a viajar pelo mundo; Argentina, Colômbia, Bolívia, Estados Unidos e Canadá, depois, cruzando o Atlântico, Paquistão, Emirados Árabes, em especial Dubai e Abu Dhabi, Doha, Omã, Sudão.

Foram cerca de oito anos nessa rotina, ora aqui, ora ali, até que retornei ao Brasil, para a cidade de Macaé, depois Rio de Janeiro e de novo para o exterior, Panamá City, no Panamá.

Esse seria mais ou menos um resumo das minhas andanças.

Nunca mais voltei a São Paulo, me fixei em Macaé, onde ainda estou, agora com esse sentimento de que não deveria realmente estar aqui.

As raízes que perdi, lá em São Paulo, e que me permitiram todos esses voos em liberdade, cresceram de novo por aqui, em Macaé. Mulher, filhos que emprestei de minha mulher e que tornei meus de fato, algumas propriedades (é incrível como as propriedades têm poder de fixação) e um monte de cachorros, alguns amigos, muitos deles que tiveram uma trajetória semelhante à minha e que também acabaram aqui em Macaé.

Andando por aí, correndo trecho, eu poderia ter acabado em um bocado de lugares, mas acabei mesmo foi por aqui, apesar de continuar achando, em alguns momentos, que não seria aqui que eu deveria estar.

22. PENSAMENTOS

A música é o som dos nossos sentimentos, a letra é redundante, quase sempre atrapalha.

Pessoas equivocadas tentam parecer assertivas. São insistentes, geralmente falam alto.

Os mentirosos quase sempre nos convencem. Mentiras são quase sempre mais agradáveis de se ouvir que as verdades.

Mentimos não por não conhecer a verdade, mentimos porque não podemos enfrentá-la.

A beleza das pessoas muitas vezes está mais nos olhos daqueles que as veem do que nelas propriamente.

Esperar pelas coisas não te aproxima delas, caminhe até elas, até obtê-las.

Um bom café, uma boa conversa, uma boa companhia, Tempo para desfrutar. Disso a felicidade é feita.

Toda falha é tolerável quando ela decorre de uma tentativa.

O Homem persegue o horizonte ao navegar, vai em frente até aportar em algum lugar e, para seu desespero, o horizonte continua lá, inquestionável e inalcançável.

23. MARIAS, LOURDES, MARTAS E OUTRAS MAIS

Por onde andam nossas Marias, nossas Lourdes, Martas, Isabéis, Lúcias e Veras? Também nossos Manoéis, Joãos, Antônios, Josés e Pedros? Foram substituídos por Kellys Christinas, Karinas e Kellys, Pâmelas e Astridges, Enzos, Maikys, Maycons e Deyversons.

Isso nas cidades e nas favelas.

Os nossos amarelos, vermelhos, verdes e rosas foram substituídos por Fúcsias, Australien, Âmbar-bastardo, Drunk Tank Pink e Falu (meu Deus, que cor é essa Falu?).

Café da manhã por Brunch, o cafezinho por Coffee Break, o treinador por Coach ou Personal Trainer.

Sair a passear por "dar um rolê", bicicletas por bikes, impressoras por printers, telas por displays.

O que está acontecendo com o nosso bom português?

Perdemos a criatividade?

O que significa "vovô, tenho uma parada para falar com você", "parada"? "Mãe, cadê aquela parada?"

Este mundo está ficando confuso, em breve não conseguiremos mais nos comunicar com as novas gerações.

Em lugar de "bom dia, vovô" me vem de cara um "me empresta seu celular?".

Em lugar de um "até logo" me vem um "aê, fui".

"Gostei dessa beca", "tô me sentindo style", "ela é minha ficante", "ele é o crush dela".

Alguém me diga, por favor. O que fizeram com nossos dicionários, alguém ainda sabe o que é um dicionário?

Oh, my God, tô ficando "bored", see'ya.

Fui!

24. A VIDA SIMPLES DE UM HOMEM SIMPLES

O nome dele era Gervásio, um homem comum. Vivia em um bairro simples na periferia da cidade, onde viviam pessoas simples como ele. Em sua maioria operários. Trabalhadores de uma das muitas tecelagens instaladas à beira do rio que cortava a cidade, mas havia ainda fábricas de guarda-chuvas, enlatadoras de frutas em calda, e lojas comerciais onde se vendia de tudo, lojas de autopeças, alguns mercadinhos e quitandas, padarias, lojas de tecidos e aviamentos e toda uma variedade de bugigangas que era consumida por aquela gente simples, de poder aquisitivo limitado. E havia também ferros- -velhos, muitos deles, sempre instalados em grandes galpões à beira do rio.

Gervásio trabalhava em uma pequena retífica de motores à combustão. Era ele que montava e desmontava os motores dos carros para encaminhá-los ao setor que fazia a retificação dos cilindros. Na maioria carros velhos, com mais de dez anos de uso e quase sempre em estado de conservação lamentável. Muitos táxis e carros de aluguel, veículos de entregadores de mercadorias e outros que eram a alegria de fins de semana de muitas famílias, pobres como a dele.

Gervásio tinha dois irmãos e três irmãs. As irmãs ainda viviam por ali, casadas com homens como ele e, como ele, tiravam o sustento da família de empregos de baixa remuneração, mas que não exigiam uma formação mais qualificada.

Os dois irmãos viviam com problemas, pois buscavam o dinheiro fácil negociando veículos de procedência duvidosa com os ferros-velhos, onde o desmanche tinha que ser feito rapidamente para eliminar qualquer comprovação de origem; números de chassis eram raspados ou adulterados e documentos eram forjados com a ajuda de falsários e de gente do próprio Detran local.

Ambos já haviam sido presos, mas sempre contavam com a ajuda de advogados cujo patrocínio vinha de gente que lucrava muito com esse comércio ilegal.

Quase não conviviam, os irmãos. As irmãs costumavam se reunir em ocasiões especiais e Gervásio era convidado, mas sua esposa, Juracir, tinha lá suas restrições a elas, ou elas a Juracir.

Gervásio, quando menino, nunca fora uma criança que se destacasse. Não tinha grandes habilidades esportivas e não era, como se pode dizer, muito bem-apessoado.

Tinha um porte físico um tanto deselegante, era baixinho e gordinho, era lento e um tanto desengonçado. Mas tinha uma habilidade que era apreciada, construía pipas como ninguém; coloridas, de formatos diversos, longas rabiolas, também coloridas, e as manejava como ninguém, fabricava ele mesmo a sua linha de cerol que era usada para cortar as linhas das outras pipas, nas batalhas aéreas que eram travadas nos céus da várzea onde se ajuntava a meninada.

Quando viam, todos sabiam: "Lá vem Gervásio com sua pipa matadora". Ele era uma espécie de "o rei dos ares".

Gervásio aproveitava essa habilidade para vender as pipas que fazia, principalmente nos meses que iam de agosto a outubro, quando os ventos eram mais fortes.

Ele era filho de um funcionário da prefeitura e de uma lavadeira. Gervásio, do qual herdou o nome, e Jandira, uma neta de caiçaras que habitavam já há muito tempo a região.

Estudou até a oitava série, que não conseguiu terminar, mas escrevia e lia com alguma desenvoltura e dominava as contas de somar e subtrair, fazia ainda algumas multiplicações e divisões mais simplificadas, tinha problemas quando o denominador ou o multiplicador tinham mais de dois algarismos.

Aos quinze anos foi aceito como aprendiz na oficina mecânica que depois se especializou na retífica de motores à combustão. Até então fazia pequenos bicos, vendia as pipas que fazia, ajudava a carregar as compras nos mercados, ajudava nos lava-jatos em postos de gasolina, e fazia, junto com outras crianças, a limpeza das ruas depois das feiras livres que ocorriam aos sábados; isso lhe rendia sempre uma boa xepa para levar para casa.

Sua esposa, Juracir, casara-se com ele depois de uma gravidez indesejada, da qual nasceu seu filho mais velho, Pedro. Ele tinha ainda mais duas meninas, Cláudia e Bernadete.

Ele nunca demonstrou saber, mas sabia, Pedro era fruto do relacionamento de Juracir com o filho de um comerciante do bairro, também chamado Pedro. Descobrindo-se grávida ela seduziu Gervásio, fazendo-o crer que era ele o pai da criança. Ele nutria alguma simpatia por ela e se deixou enganar, aceitando até que ela desse à criança o nome do verdadeiro pai.

Pedro era um bom menino, apaixonado pelo pai e era esse amor incondicional que fazia com que Gervásio, que também o amava muito, superasse o trauma da trama com a qual Juracir o envolveu.

As meninas, Cláudia e Bernadete, eram ainda muito pequenas, três e quatro anos. Duas princesinhas que herdaram os dotes físicos do pai.

Juracir não era uma pessoa afável, ressentia-se de sua situação e culpava Gervásio pela vida apertada que levavam. Na verdade, não faltava nada àquela família, a não ser os luxos, mas a vida simples exigia de Juracir o cumprimento das tarefas da casa, as quais ela cumpria sempre com reclamações e lamentações, o que fazia Gervásio sofrer ainda mais por sua condição.

A vida entre os dois só resistia pela grande tolerância de Gervásio e pelo amor dele aos filhos.

Eram proprietários da própria casa e ainda tinham uma pequena edícula nos fundos do quintal, que alugavam para um casal de velhos aposentados, que apesar de nunca incomodarem em nada, também contavam com o desprezo de Juracir.

SONHOS, MEMÓRIAS E DIVAGAÇÕES

E assim era a vida de Gervásio, trabalhador dedicado, pai presente; era ele que fazia questão de levar as crianças às missas aos domingos e às aulas de catecismo aos sábados, que aconteciam no salão da paróquia. Juracir nunca os acompanhava, preferia passar os fins de semana na casa de sua mãe, que vivia próximo dali.

Nesses dias era também Gervásio quem cozinhava, quase sempre uma boa macarronada ou uma lasanha à bolonhesa, que era a favorita de Pedro.

Gervásio tinha lá suas economias, mas ele as construía sem o conhecimento de Juracir, pois sabia que ela usaria a sua poupança com vestidos e cabeleireiros. Era ele o único a pensar em estar preparado para tempos difíceis e com o futuro das crianças.

Em uma quinta-feira de um mês de novembro, Bernadete foi acometida de uma febre que não passava. Juracir começou uma peregrinação pelos postos de saúde do bairro, mas não conseguia uma internação. Gervásio tirava das economias o dinheiro para os remédios, aqueles que os postos de saúde não podiam disponibilizar de forma gratuita.

E em um domingo chuvoso, cerca de duas semanas depois, Bernadete não despertou, ficou ali deitada em sua caminha, na mesma posição em que a mãe a deixara na noite anterior, em silêncio, pálida e imóvel.

Fizeram um funeral simples, o velório aconteceu na pequena sala da casa onde viviam. O médico que atestou o óbito registrou "morte por pneumonia aguda".

Deitada em um caixãozinho pintado de branco, doação dos colegas da oficina, coberto por flores variadas, rosas, lírios e cravos, vestia um vestidinho branco e tinha um terço benzido pela cura em suas pequenas mãos.

A dor que Gervásio sentia escorria pelos olhos em forma de silenciosas lágrimas. Era Pedro quem o consolava e, mais uma vez, Juracir o culpou, não de forma ostensiva nem verbal, mas podia-se ler nos olhos dela quando, sentada ao lado do pequeno caixão, ela o mirava. Havia um tanto de ódio naquele olhar.

Isso levou o casamento de Gervásio a um outro patamar de desentendimentos.

Juracir passou a relaxar nos cuidados com a casa e já não cozinhava mais como antes. As crianças, Pedro e Cláudia, passaram a reclamar, o que enfurecia ainda mais Juracir, que muitas vezes retirava a comida da mesa e fazia as crianças se levantarem e elas ficavam em jejum todo o dia até a chegada do pai, que já acostumado a isso sempre levava algo para preparar o jantar.

A animosidade crescia até um ponto muito difícil de se suportar. Certo dia, depois de Juracir agredir Gervásio com xingamentos e acusações sem qualquer fundamento, em decorrência da passividade de Gervásio, ela passou a agredi-lo, primeiro com tapas e socos, depois com utensílios que ela atirava contra ele, à vista das crianças, que se escondiam para também não apanhar.

Os colegas e vizinhos o aconselhavam a deixá-la, a mandá-la embora e a retomar sua vida, até que um dia, em outra dessas brigas, quando Pedro se posicionou ao lado do pai e em proteção à pequena Cláudia, ela virou-se para ele e o chamou de bastardo. Ela dizia a ele: "Você! Nem filho deste homem é, seu pai não quis sequer te conhecer, apesar de passar por você quase todos os dias".

Essa foi a gota d'água. Gervásio a agarrou pelo braço e a atirou porta afora, dizendo a ela que nunca se atravesse a voltar ali. Ele trancava a porta, entrava e recolhia pertences que eram dela, voltava à porta e os atirava à rua, onde os vizinhos já começavam a se aglomerar. Ele a amaldiçoou, despejou toda a raiva e ressentimento que tinha guardado e que se acumularam até aquela explosão.

Juracir recolheu em uma sacola seus pertences e dirigiu-se à casa da mãe, onde foi recebida com surpresa e alguma indignação: "Como se atreve aquele projeto de homem, aquele fracassado que não tem onde cair morto?".

Ali ela se acomodou, Gervásio contratou uma moça para cuidar da casa e das crianças, Marina, uma menina de dezessete anos, filha de um dos vizinhos do bairro, para que assim ele pudesse trabalhar. As ordens expressas eram de que à Juracir não se permitisse a entrada, sob qualquer justificativa que ela apresentasse.

Certo dia bateu à porta um oficial de justiça; Gervásio estava sendo convocado à vara de família para responder a acusações de agressão, cárcere privado das crianças e um outro tanto de acusações que esses advogados conseguem elencar para obter vantagens em processos civis.

Gervásio dirigiu-se ao fórum, onde ficava o juiz responsável por julgar esse tipo de causa, e foi questionado sobre as acusações feitas pela antiga companheira. Ela também estava lá e levava como testemunhas, além de sua mãe, algumas amigas desta, que se prestaram a cometer perjúrio, atestando fatos que na verdade nunca haviam ocorrido.

SONHOS, MEMÓRIAS E DIVAGAÇÕES

Em defesa de Gervásio vieram vizinhos, amigos do trabalho e as próprias crianças, acompanhadas de um representante da vara de menores, a quem Gervásio já havia recorrido para garantir a guarda permanente das crianças.

As acusações levantadas por Juracir eram cruéis e desprovidas de fundamento, caíram como um castelo de cartas, mas, no final do julgamento, três sessões e alguns meses mais adiante, o juiz achou por bem dar a Juracir o direito de ver as crianças em fins de semana alternados. O juiz determinou ainda que Gervásio deveria dar uma pequena pensão de sobrevivência a Juracir. O juiz permitiu que ele seguisse residindo com as crianças na casa que era deles, mas determinou que o aluguel da edícula deveria ser transferido a Juracir todos os meses.

Foi uma dura e injusta derrota para Gervásio, mas uma derrota que ele poderia suportar.

Frequentemente Juracir ia à sua casa e esbravejava contra ele e as crianças, dizendo que eles nunca teriam paz e que ela se vingaria de forma contundente em algum momento ainda por chegar.

Gervásio não a temia, mas temia pelas crianças. Pedro já completava quatorze anos e o pai o levava para trabalhar como aprendiz na oficina. Eles já estavam separados há mais de quatro anos.

Certo dia, ao regressar a casa, encontrou Marina chorando, amparada pelos pais, que contaram a ele que Juracir invadira a casa e havia levado Cláudia com ela.

O sangue ferveu nas veias de Gervásio, que se dirigiu ao conselho tutelar, para dar queixa do sequestro da filha, o que contrariava a decisão obtida no processo de separação dos dois, e seguiu para a casa da mãe de Juracir.

Ao lá chegar, ainda de fora da casa, podia ouvir o choro copioso de Cláudia, que gritava chamando por ele.

Enquanto isso, um delegado, acionado pelo pessoal do conselho tutelar, também se dirigiu à casa onde vivia Juracir.

Quando chegou lá deparou-se com a seguinte cena: Juracir agarrara Cláudia e a ameaçava com uma faca gritando para Gervásio: "É ele, apenas este bastardo que vai te restar, Deus tomou de nós um dos frutos reais da nossa união, cuja vida foi ceifada em decorrência da sua vida fracassada, e eu? Eu vou tirar de você essa outra, você vai passar a sua vida cuidando deste bastardo que nem o pai real quer ver".

O delegado tentou intervir, mas ela ameaçava a criança com a faca colada ao pequeno e alvo pescoço. Cláudia já não chorava mais, apavorada que estava.

Enquanto isso, Gervásio ia tentando se aproximar de Juracir, fazia promessas a ela se ela libertasse a criança, foi quando a mãe de Juracir a agarrou pelo braço dando tempo para que Gervásio a agarrasse e tirasse Cláudia de seus braços. Ela esbravejou e foi presa, repetindo que iria voltar e consumar a sua vingança.

Gervásio se foi com a pequena Cláudia para a sua casa, levava com ele o eco daquelas ameaças e alguns dias se passaram até que Juracir foi colocada em liberdade, graças a um habeas corpus impetrado por um advogado contratado.

Ao saber disso Gervásio enviou Cláudia com Marina para a casa dos pais dela, para que lá ficassem em segredo enquanto ele decidia o que fazer.

Como era de se esperar, Juracir, na primeira oportunidade que teve, dirigiu-se à casa de Gervásio para atormentá-lo e, surpresa, ela lá o encontrou. A porta da casa estava aberta e Gervásio, pensava ela, deveria estar no trabalho, junto com Pedro. Ela entrou e viu Gervásio sentado à pequena mesa que eles usavam para as refeições, ela imediatamente começou a xingá-lo, depois caminhou até ele sem que ele esboçasse qualquer reação, quando começou a agredi-lo sentiu uma forte dor no abdômen, que fora provocada pela penetração de uma faca de limpar peixes, muito comprida e amolada. A faca a penetrou talvez quatro ou cinco vezes, até que ela caiu emudecida. Ela não reparara, mas o chão onde ela caíra estava coberto por um plástico transparente e grosso, desses usados para embalar colchões.

Depois de assegurar que ela sucumbira, Gervásio a embrulhou no mesmo plástico, de forma cuidadosa para que nenhum sangue respingasse pela casa, depois colocou o embrulho em um saco de colocar entulho, grande o suficiente para que ela coubesse e saiu com ele se utilizando de uma carroça que ele alugara na manhã do dia anterior.

Gervásio voltou ao trabalho, onde ninguém dera falta dele, e autorizou a volta de Marina e de Cláudia à normalidade da casa em que viviam.

E foi assim. De repente, as pessoas que sentiam a ausência de Juracir pararam de fazer perguntas, a queixa de desaparecimento na polícia, feita pela mãe dela, gerara uma investigação que não avançava para além da colocação de fotos de Juracir em sites para desaparecidos e em locais de mesmo propósito, em lojas, supermercados e até mesmo em postes de iluminação pelo bairro.

Gervásio retomou a sua vida, Pedro se tornava um habilidoso mecânico na mesma oficina onde trabalhava o pai, e Cláudia crescia feliz e ia se tornando uma moça com atributos que eram ressaltados pela sua gentileza, educação e capacidade de acolhimento a outras pessoas. Iria se tornar uma professora.

Gervásio nunca se casou novamente, Marina cuidou de sua casa até casar-se com um rapaz, também do bairro. Cláudia já era grande o suficiente para ajudar com os cuidados da casa. Gervásio tornou-se gerente do setor de lubrificantes da oficina, que agora estava ampliada, incorporando uma série de outros serviços, como troca de óleo, reparo de pneus e até mesmo mecânica e elétrica, pintura e funilaria. Pedro assumia a chefia da seção de retífica de motores.

Nunca saíram do bairro, que agora contava com um shopping center, com cinema e área de alimentação, ali fincaram raízes e tocaram suas vidas da mesma forma que começaram, uma vida apertada, simples, mas feliz.

Juracir? Nunca mais souberam dela e ela jamais fez qualquer falta à família que ela tanto atormentara.

25. INEVITABILIDADES

De todos que me deixaram e tantos que eu mesmo deixei, pelo rumar de nossas vidas, pelas coisas incontroláveis, acomodações e inevitabilidades do destino, com quase todas eu me conformei, mas com algumas eu apenas me acostumei.

Segui minha vida, convivendo com essas faltas, acomodando as saudades, os vazios que eu tentava, em vão, preencher com vidas alheias, coletadas pelos caminhos a que o destino insistia em me conduzir.

Entre todas havia uma, uma da qual nunca me desprendi. Carreguei-a comigo, ora como uma doce lembrança, ora uma paixão que eu pudesse ainda resgatar.

Tolice minha. Ela jamais voltaria. Estava presa à própria vida, assim como eu estava à minha.

Ainda guardo seu cheiro e o brilho do seu olhar, o som grave da sua voz e o calor nervoso de suas mãos quando seguravam as minhas.

Me lembro de seus cabelos, que meus dedos percorriam, subindo a partir de sua nuca, causando arrepios que se refletiam por todo o seu corpo, e de seus beijos, longos e molhados beijos.

Uma grande e recorrente lembrança de uma juventude que, com ela, eu abandonei lá atrás.

Não deixo de desejar a ela felicidades e uma boa vida, que gostaria que fosse ao meu lado, mas infelizmente não é, nunca será.

Então escrevo para ela, coisas que ela pacientemente lê.

Sei que ela também pensa em mim, quando o tempo lhe sobra.

E assim somos e estamos, presos às nossas vidas e às lembranças que guardamos um do outro.

26. LUÍZA E O MONZA PRETO

Me levanto sempre às 6h, com a ajuda do despertador.

Minha rotina é simples; um banho, de oito a dez minutos, escovar os dentes, dois minutos, pentear os cabelos e vestir o uniforme escolar, outros cinco minutos.

O café eu mesmo faço; duas ou três torradas na torradeira elétrica, manteiga e um ovo mexido. Um copo de suco de laranja de caixinha e uma banana.

Tudo isso me toma em torno de trinta e oito minutos.

O pequeno apartamento só tem um quarto, somos só eu e minha mãe.

A vizinha sai invariavelmente às 7h, no mais tardar 7h10, espero pelo barulho quando ela abre a porta, então saio e tomamos o elevador juntos. Adoro olhar para os seios dela, fartos, o colo é de uma brancura total, e uma silhueta de fazer inveja às atrizes de cinema. Ela insiste em parecer sexy na forma de vestir, e isso faz a minha alegria matinal.

Dizem que ela trabalha na rua e eu penso: assim tão cedo? Eu também trabalho na rua, acho que um dia vou dizer a ela.

Vou ao ponto de ônibus e aguardo entre dez e quinze minutos.

A passagem pago com o passe escolar, mas ela custa 2,70 para quem não tem esse direito.

São vinte e cinco minutos até o colégio, 8h começam as aulas, sempre me tocam de quinze a vinte minutos para confraternizar.

Sempre me meto entre as meninas, muitas delas me evitam, mas eu não me importo e insisto.

Invento notícias, coisas que possam interessar a elas; um show que passou na TV, uma liquidação, uma festa na casa de alguém popular; assim vou inventando coisas que possam interessar a elas. Quase sempre funciona.

Toca a campainha, as aulas começam em dez minutos.

Me dirijo à minha sala, me sento sempre no fundo, com visão panorâmica de toda a sala.

Hoje tem matemática, português, geografia e história. Odeio geografia, o professor é gago, português e história até que dá para levar, mas são duas senhoras as professoras, uma delas sempre esquece em que página do livro estamos, às vezes chega a repetir conteúdos, ninguém fala nada.

O bom é que nas provas que elas dão colamos à vontade, elas não se dão conta.

Em minha sala são trinta e cinco alunos, dezoito meninas. Tem quatro meninos gays, lá na escola eles não escondem essa característica. Aliás, abusam dela.

Entre as meninas temos dúvidas de algumas delas, aquelas que andam sempre juntas, não se misturam, principalmente com os meninos.

O professor de matemática é um terror, quase intolerável; é difícil o dia em que ele não manda alguém para a diretoria.

São quatro aulas de cinquenta minutos, no meio da manhã há uma parada para o lanche de vinte minutos.

A escola tem uma cantina, vende salgados, misto quente, sucos e refrigerantes.

Estou interessado em uma loirinha de uma outra classe, ela se chama Luiza, acho que o pai dela é rico. Ela sempre chega de carro chique, um Monza preto do ano. Só ricos têm Monza preto do ano.

Eu tento me aproximar, mas ela não me dá bola. As outras meninas me acham bonito, minha mãe diz que eu sou lindo, mas sei que ela exagera.

Puxa, como eu queria ser rico. Acho que aí ela ia olhar para mim.

Me disseram que ela é ruim de matemática, eu podia ajudar ela, mas também não sou grande coisa.

Minha escola pertence à paróquia do bairro, são padres salesianos, tenho bolsa lá.

Soube que ela vai à missa todos os domingos, às 8h da manhã, então passei a frequentar. Ela também vai às aulas de catecismo todas as tardes de sábado, mas elas têm que ser pagas, minha mãe não ia deixar.

As aulas terminam sempre às 12h. A escola tem uma quadra, jogamos até as 13h30, é quando entra a turma da tarde, aí temos que sair.

Chego em casa lá pelas duas da tarde. Tomo um banho, almoço (minha mãe deixa o prato dentro do forno do fogão) e às 15h saio para trabalhar. Vendo balas, cocada, às vezes paçoca que minha mãe faz.

Carrego um pequeno tabuleiro com os produtos à mostra, mas vou gritando pela rua, anunciando os produtos.

No meu bairro tem uma rua com muitos comércios, muita gente anda por lá. Ali é o meu ponto, ando para lá e para cá.

Lá pelas 17h volto para casa, lavo a louça que eu mesmo deixei na pia, e espero minha mãe chegar.

Minhas vendas pela rua às vezes chegam a 40 reais; vendo a 2,50 a cocada, 1 real o pacotinho com cinco balas e a paçoca a 1 real também.

O dinheiro do mês completa para fazer a feira.

Este mês de março faço doze anos, queria fazer uma festa, convidar Luiza, mas acho que não vai dar, o apartamento é pequeno, não cabe ninguém e não teríamos dinheiro para uma festa.

Todo aniversário minha mãe me leva ao cinema, compra pipoca e bala de menta.

O presente é sempre roupa; uma camiseta, um short ou uma conga nova (um dia vou pedir sapatos). Eu sempre passo de ano; em algumas matérias passo raspando, matemática e geografia, mas sempre passo.

Ela me disse que este ano talvez tenhamos que mudar. O dono do apartamento quer aumentar o aluguel, que se somado ao condomínio fica fora das nossas possibilidades.

Só não quero ter que sair da escola, se sair nunca mais verei Luiza.

Quando eu crescer quero trabalhar em um banco, eles têm ar-condicionado, ou no shopping, em alguma loja bem chique.

Um dia, quando eu ficar rico, compro um Monza preto.

Chamo Luiza para passear.

27. CAMINHOS

Todos os caminhos são tortos, todos nos levam por aí, passam por aqui e acolá, mas sem nunca mostrarem seu fim.

Os meus sempre me levaram por aí, por ali e, surpreendentemente, um deles me levou a você, e por um tempo caminhamos juntos, um curto, mas precioso tempo.

Hoje você já não está, não sei se está próxima ou distante, mas caminhando por outros caminhos, de toda forma eu sigo caminhando e conto com as voltas que o mundo dá, até que em algum ponto do caminho eu te encontre de novo, por aí, nas voltas que esse mundo dá.

28. ESTELA

Quando olho as estrelas, nas noites escuras, quando os céus se revelam em todo o seu esplendor, eu choro.

Não um choro de tristeza, mas um choro de admiração.

Penso que meu lugar seria lá, entre as estrelas, vagando entre elas, ainda que sem o brilho delas, mas entre elas.

Eu nasci no limiar da noite, um pouco antes da última estrela se apagar, ofuscada pelo brilho do sol. Eles chamam esse momento de Aurora, homenageando uma deusa da mitologia romana identificada com Eos; vou contar aqui, talvez vocês não conheçam a história. Eos era filha dos titãs Hipérion e Tea, esta irmã de Selene, a nossa lua, e Hélios, o nosso sol, ambos filhos de Urano e Gaia. Tea era a deusa da luminosidade, foi ela quem deu essa característica às pedras preciosas e às divindades siderais Hélio, o deus sol, Selene, a deusa da Lua e Eos, a deusa do amanhecer. Tea casou-se com seu irmão Hipérion (apenas para relatar esses estranhos laços de família, pouco convencionais), Urano era filho e ao mesmo tempo esposo de Gaia e deles nasceram os doze titãs da mitologia). Gaia era a personificação mitológica da Terra, a mãe primordial.

Desculpem, essas histórias me atraem, mas vou poupá-los não me estendendo mais nisso.

Ademais, todas essas histórias da mitologia terminam em desgraças tão impactantes que ofuscam qualquer brilho das vitórias que também nelas acontecem.

Então, acho, eu sou isto, uma criatura da noite, nascido sob um céu de estrelas e me ressinto da ausência delas.

Não que o dia me desagrade, mas a luz do sol nos limita, ofuscando a visão dos céus, enquanto o brilho da noite nos inspira e é disso que sinto falta, de ser, de estar inspirado.

O sol já nasce dissimulado, se mostra amarelo, mas é branco. Vocês acreditam?

As estrelas não, elas cintilam, às vezes trocam de cor, mas fazem isso às nossas vistas, sem dissimular.

Há uma história que talvez valha a pena contar. É sobre uma estrela que se apaixonou por um homem e então se tornou cadente e lançou-se de sua casa celestial em direção à Terra. Por ela vagou até encontrar o homem que amava. Não podia contar a ele sobre sua natureza, escondeu então o seu brilho em uma joia que carregava pendurada por uma corrente prateada ao redor de seu pescoço.

O homem, seu amado, encantou-se pela joia e em uma noite, enquanto ela dormia, ele a roubou. Tirou a corrente com a joia de seu pescoço e a escondeu.

Ao despertar, Estela (era esse o nome escolhido pela estrela) deu-se conta de sua perda e chorou desesperada. O homem apenou-se dela e perguntou-lhe qual a razão daquele choro, daquele desespero. Ela então contou a ele; sem a joia e o brilho que guardava nela, jamais poderia voltar a ocupar os céus e, sem seu próprio brilho, sucumbiria sob a luz solar e novamente ela chorou.

O homem então, arrependido, devolveu a ela a sua joia e com ela o seu brilho. Estela percebeu então que seu lugar era nos céus, rompeu a joia e retomou seu brilho, voltando a ocupar seu lugar celestial.

O homem, dando-se conta do que havia perdido, pôs-se a chorar e assim ele vaga pelas noites de céu estrelado clamando por sua Estela, que agora brilha insensível aos chamados dele.

Acho que eu também sofro desta falta, da inspiração que as estrelas me provocam, então sempre busco a companhia delas. Sonho um dia estar entre elas, iluminando o céu de alguém que, como eu, escolheu a noite e nela usufrui da presença delas.

29. JOÃO E TEREZA

A sua tristeza era evidente e ele dava vazão ao seu lamento quando Peter interveio e disse a ele. Você não deveria fazer isso aqui, o seu lamento vai atraí-los e esse não é um bom lugar para que eles se acomodem; estavam na sala da casa de cinco cômodos onde João vivia.

Uma vez que eles cheguem não será muito fácil tirá-los daqui. Eles associam à própria tristeza a tristeza que os seus lamentos expressam. Então eles vêm e se instalam. De alguma forma eles alimentam a sua saudade e o seu sofrimento porque serão os seus lamentos e o seu sofrimento que os manterão aqui, vagando neste lugar.

Procure um campo santo, eles temem os campos santos, nunca se atrevem a se aproximar deles.

Existem ainda alguns tipos de pessoas que eles temem, nunca se aproximam delas. Não é fácil reconhecê-las senão pelo alívio que elas naturalmente podem proporcionar. Não são pessoas iluminadas, mas há algo nelas que eles temem, acho que é a sua capacidade de reconhecê-los e de dar-se conta da presença deles.

Eles não fazem por mal; lá onde eles estão, tudo é escuro e vazio, não se dão conta de quantos são e é o som dos lamentos que os atraem. É a última coisa da qual se lembram, o som dos lamentos de seus entes queridos, pranteando sua partida, é por eles que eles vêm, seus entes queridos.

Peter, perguntou João, você acha que ela pode estar entre eles?

Peter evadiu-se da resposta, era algo que ele não saberia responder.

Tereza havia partido na noite anterior. Foram meses padecendo de uma doença que causara em João uma grande angústia e sofrimento. João sofria a perda de Tereza dia após dia, enquanto ela definhava em uma cama, assistida por aparelhos que a mantinham apenas vegetando, enquanto a sua vida se extinguia, pouco a pouco, dia após dia.

Era uma quarta-feira à tardinha e o médico esforçou-se para mostrar a João a inutilidade daquele esforço, ela já não estava mais ali, ali estava apenas o que sobrou dela, um corpo debilitado que definhava dia a dia, ali, atrelada àqueles aparelhos que impediam de maneira vil que a morte lhe trouxesse enfim descanso.

João por fim concordou e os aparelhos foram desligados e Tereza se foi, sem esboçar qualquer protesto ou resistência, ela apenas se foi.

João e Tereza não tiveram filhos, foram sempre ele e ela, ela por ele e ele por ela, um amor correspondido, incondicional.

João era escritor e trabalhava de casa, Tereza era tradutora, especialista em romances históricos, falava fluentemente cinco idiomas, entre eles o russo e o grego. Era essa a sua especialidade, traduzir os grandes escritores russos e obras clássicas gregas.

Era ela ainda que traduzia os livros de João para o espanhol e para o inglês e isso dava a ele uma maior penetração nos mercados literários, pois o escasso hábito de ler entre os brasileiros representava uma grande restrição para os escritores de língua portuguesa.

Era Tereza a sua primeira crítica, era ela quem cuidava para que os textos de João tivessem uma fluidez e uma clareza capaz de arrebatar os leitores, fazer com que virassem as páginas, uma após a outra, interessados no desenrolar das histórias que João contava, nos personagens que ele criava.

A enfermidade surgiu de repente, sem dar aviso.

Após uma temporada no hospital da cidade, João foi aconselhado a levá-la para casa, pois nada mais havia a ser feito no hospital; os médicos haviam esgotado os seus recursos. João tentou de tudo para prolongar a sua vida, recusava-se a despedir-se dela, até dar-se conta de que ele apenas prolongava o sofrimento dela, então naquela tarde de quarta-feira ele a libertou. Despediu-se dela beijando as suas faces e chorou, profunda e copiosamente. Peter estava entre os que procuravam confortá-lo.

Peter era irmão de Tereza e tinha uma profunda convicção espírita, estudioso que era dos grandes escritores, principalmente dos precursores do espiritismo, os médiuns Emmanuel Swedenborg, Edward Irving e Andrew Jackson Davis, além de Allan Kardec.

Peter era uma daquelas pessoas que podia pressentir as almas perdidas, aquelas que ainda vagam pela terra, consumindo as suas aflições, sem encontrar repouso. Peter acreditava que era possível trazer a elas, às almas perdidas, discernimento, compreensão de seu novo estado e ajuda para que aceitassem o seu desprendimento desta realidade.

Buscava em mesas onde se reuniam pessoas com alguma mediunidade e invocavam esses espíritos com a intenção de entendê-los e às suas aflições, de maneira a poder confortá-los para que finalmente aceitassem que a sua jornada por aqui havia terminado e que era preciso desprender-se, elevar seus espíritos a esse novo estágio aguardando pela reencarnação.

João nunca dera muita atenção a essa peculiaridade de Peter, mas o seu amor por Tereza e o seu inconformismo com a partida dela o fez enveredar-se pelos caminhos do espiritismo.

Não seguiu os conselhos de Peter, agindo ao contrário João buscava trazê-los até ele, esperando que também Tereza estivesse ali entre eles. Fazia frequentes mesas mediúnicas e invocava Tereza ou a quem soubesse dela, mas era inútil, Peter já o avisara que eles não se davam conta uns dos outros.

João enveredou-se por essa seara, lia livros sobre espiritismo e reencarnação compulsivamente, buscava contato com médiuns conhecidos, mas nem sempre reconhecidos, buscando uma forma de entrar em contato com Tereza.

Entre eles, muitos charlatões que eram facilmente desmascarados por João ou por Peter, que o acompanhava e orientava nesses novos caminhos, até que um dia lhe falaram de uma menina de treze anos e ele foi ter com ela. Ela se chamava Élida e foi a ele apresentada por um amigo de Peter, apenado pela angustiante busca de João.

Eles marcaram um encontro no centro espírita que Élida frequentava e lá ele a conheceu. De cara João percebeu que ali estava uma menina especial e sua simplicidade e ingenuidade de certa forma a credenciavam. Podia-se claramente ver que ali não estava mais uma charlatã.

João contou a ela sobre sua busca, contou-lhe tudo sobre Tereza. Élida tentou explicar a ele que muitas vezes os espíritos simplesmente não estavam, pois já haviam partido. Sempre havia uma razão para que alguns espíritos se recusassem a aceitar a nova realidade e passassem a perambular por seus antigos entornos até se darem conta de que sua missão já era outra.

João perguntou a ela então: "Como saber, Élida, como saber?".

Élida disse então a ele: "Preciso ir até a sua casa, preciso ainda conhecer os locais que ela costumava frequentar. Você ainda tem pertences dela que foram guardados?". João assentiu animado e marcaram um final de semana para que Élida pudesse investigar a casa por vestígios de Tereza.

Era um sábado de manhã, Élida chegou acompanhada de sua mãe. João ia começar a preparar uma mesa para o exercício da mediunidade, mas Élida o interrompeu: "Não será necessário, vamos apenas nos sentar e falar um pouco mais".

Conversaram então por cerca de uma hora, Élida fazia perguntas sobre os últimos dias de Tereza e em dado momento pediu aos presentes que se juntassem em uma pequena oração.

Então Élida se levantou e começou a caminhar pela casa, ia de um cômodo ao outro lentamente, tudo ela observava. João via que ela mantinha as duas mãos um pouco à frente do corpo, como se esperasse esbarrar em algo inesperadamente. A mãe não a acompanhava, permanecera sentada no sofá da sala, onde eles estiveram conversando.

Quando Élida entrou no escritório, onde os dois costumavam trabalhar, ela de repente parou e disse: "Ela esteve aqui, não está agora, mas ela tem estado aqui. Posso senti-la, mas também sinto presenças confusas, várias delas. Essa gente a confunde e impede que ela se manifeste. Ela tem um propósito para estar aqui, mas sabê-lo iria requerer a retirada desses outros espíritos; para que ela se manifeste, é necessário antes de tudo que eles sejam encaminhados e não posso fazer isso sozinha".

De repente Élida pareceu despertar de um sonho ou de alguma espécie de transe. Ela se lembrava de tudo que havia dito a João e reafirmou cada palavra, causando em João uma sensação que ele nunca havia sentido, entre apreensão e esperança.

João ofereceu a Élida e sua mãe a casa para que elas passassem a noite, mas elas recusaram. Disseram que regressariam no dia seguinte e trariam consigo um amigo.

Esse amigo era uma daquelas pessoas a quem os espíritos costumavam evitar; um senhor já de uma certa idade, de cabelos já brancos, mas de uma vitalidade invejável. Percebia-se que a sua presença dominava qualquer ambiente onde ele estivesse.

O senhor se chamava Emanuel e isso era mais que uma coincidência, o nome lhe fora dado em homenagem ao espírito que Chico Xavier costumava psicografar. Seus pais eram espíritas convictos e reconheceram na criança sua mediunidade logo ao nascer.

Ele e Élida passaram a percorrer a casa enquanto faziam orações, alertavam em suas preces aos espíritos estranhos àquela casa que não era ali o seu lugar, depois de pouco mais de uma hora Élida voltou a percorrer a casa, agora sozinha, queria se certificar de que os espíritos haviam recebido e entendido a sua mensagem. Ao final, Élida olhou para João, segurou suas mãos e lhe disse: "Ela voltará e desta vez você sentirá a presença dela, então quem sabe ela lhe revele o seu propósito. Aceite-a com naturalidade, de forma alguma a tema. Também não a questione, até que ela se manifeste e você saberá".

Eles se foram, nada pediram em troca, a não ser que João passasse a incluir em suas preces pela orientação desses espíritos que, ainda confusos, perambulavam por aí, sem propósito e sem amparo.

E assim alguns dias se passaram e João já começava a perder as esperanças, até que uma madrugada João acordou ouvindo um ruído que vinha do escritório. João foi até lá e levou um grande susto.

Sobre a sua escrivaninha havia um manuscrito que João abandonara, sem terminá-lo, consumido que estava pela perda de Tereza. João abriu o manuscrito e na margem da última página que ele havia escrito e que fora deixada pela metade, ele pôde ler: "Você deveria terminar, está muito bom até aqui". Era a letra de Tereza, inconfundível, e ele chegou a sentir o perfume dela.

No mesmo dia João confidenciou o ocorrido a Peter, deixou uma mensagem no celular da mãe de Élida dizendo: "Ela voltou, ela voltou".

E assim os dias iam se passando e a cada dia João encontrava um vestígio diferente da presença dela.

Coisas sutis, mas também extraordinárias, passaram a ocorrer na casa em que viveram até a partida de Tereza, mas agora ela estava de volta. João lembrou-se dos votos que fizeram ao se casar: "permanecerem juntos até a morte e mesmo depois dela".

João acordava no meio da noite sentindo o cheiro do café, ia até o escritório e encontrava a xícara de Tereza pousada sobre a escrivaninha que era dela e onde livros de escritores russos e gregos, retirados da biblioteca que ela mantinha com muito orgulho, estavam abertos e com comentários a lápis sobre expressões de difícil tradução.

João retomou o seu manuscrito e não raro ele encontrava comentários escritos nas bordas do papel, assim como ela costumava fazer enquanto ainda estava com ele.

A casa, muitas vezes, amanhecia perfumada com a lavanda da preferência de Tereza.

Certo dia João teve uma ideia. Se ela podia se comunicar com ele, quem sabe ele também poderia se comunicar com ela. Então, propositadamente, uma noite ele deixou um bilhete em sua escrivaninha: "Amor, qual o seu propósito, o que te mantém ainda por aqui?".

Na madrugada, como já virara o seu costume, João foi ao escritório, sentia o mesmo cheiro do café forte que Tereza amava e viu que o bilhete ainda estava lá, no mesmo lugar onde ele o deixara.

Olhou a sua escrivaninha e em seu manuscrito estava escrito: "Na hora certa, você saberá, termine o seu livro, precisamos publicá-lo ainda este ano". Era a mesma letra de Tereza.

Os acontecimentos abstraíram João da sua realidade, de seu cotidiano que agora estava totalmente voltado a buscar por sinais, cada vez menos sutis, da presença de Tereza naquela casa.

João terminou o livro e teve a total aprovação de Tereza; teve que reescrever alguns capítulos e dar diferentes contornos e características a alguns personagens, mas sempre seguindo a orientação de Tereza.

As pessoas não acreditavam em João quando ele contava a elas dessa interação sobrenatural, julgavam ser fruto da imensa falta que João sentia dela. Aqueles que queriam saber dele tinham que procurá-lo em sua casa, de onde nunca saía, a não ser aos sábados, quando João fazia as compras de mercado para abastecer a casa. Quase sempre Peter o acompanhava, nunca se esquecia do café favorito de Tereza, que não podia faltar, assim como a lavanda que Tereza costumava usar para perfumar a casa.

Com o tempo, João passou a conversar com ela, já havia recebido sinais de que ela o escutava.

Assim João terminou o seu livro e o publicou, com uma dedicatória especial à Tereza: "À minha amada esposa, que em vida e mesmo na morte nunca me abandonou".

As festas de fim de ano se aproximavam quando um dia, pela manhã, João sentiu-se mal, foi acudido por Peter que o levou ao hospital onde um pequeno infarto foi diagnosticado. Os médicos quiseram retê-lo, mas ele não podia ficar longe de Tereza e, mesmo alertado pelos médicos de que aquele pequeno infarto era apenas um sinal que poderia repetir-se de forma mais violenta, ele voltou a casa.

Alguns dias se passaram e certa madrugada ele encontrou escrito no caderno, que sempre deixava aberto em sua escrivaninha, "Estou perto de cumprir o meu propósito, você saberá".

No outro dia, João levantou-se sentindo-se estranho, saiu de seu quarto e encaminhou-se à cozinha e lá tomou um susto, lá estava Tereza. Não a sua presença que ele apenas sentia, mas ela em pessoa, que João podia até mesmo tocar e ser tocado por ela.

Ela preparava o café. Tereza olhou para ele e disse: "Amor, enfim é chegada a hora, cumpri a minha promessa de só deixar este plano com você. Você agora junta-se a mim e podemos seguir juntos para a nossa seguinte missão. Venha comigo, é chegada a nossa hora".

Peter encontrou João já sem vida em sua cama, foi ao escritório e encontrou duas xícaras de café sobre as escrivaninhas, então ele compreendeu, orou e deles se despediu.

Assim cumpriu-se a jura feita por eles, um ao outro, no dia do casamento, ficaram juntos por toda a vida e assim seguiram após a morte.

30. NHÔ RUFINO

Ele era um contador de histórias e já havia contado muitas. Sobre pessoas e lugares, sobre Ritas e Marias, sobre Pedros e Joões, a montanha que se avista ao sul, o rio que corre a pradaria, a floresta que resiste, apesar do homem.

Sobre muitos ele contou. Seu nome era Rufino, já passara dos sessenta anos e ele era conhecido na cidade como Nhô Rufino. Era uma figura elegante, de andar ereto, sempre de gravata, usava um chapéu de feltro cinza com uma fita preta ao redor da copa, bem sobre a aba, e um laço, tipo Humphrey Bogart.

Ele era sensível e sabia descrever a alma humana como poucos. Falar de suas misérias, de suas conquistas, suas fragilidades e suas fortalezas.

Mas sua cabeça estava vazia, lhe faltava uma história para contar.

Isso nunca lhe ocorrera, não ter uma história para contar.

Ele então saiu pelas ruas, saiu em busca de histórias, de pessoas que lhe inspirassem histórias, afinal é de pessoas que as histórias são feitas (ou talvez: são as pessoas que fazem as histórias), pedacinhos delas; os lugares onde vivem, de onde vieram ou por onde passaram.

Era uma manhã fria, as nuvens ameaçavam as ruas e as construções, poucas pessoas se atreviam nelas. Portas e janelas eram fechadas, só se podia ver o interior das casas pelas vidraças das janelas.

Ele não tinha pressa, observava as fachadas das casas imaginando que histórias haveria por trás delas. Era uma cidade fundada ainda na época do Império, foi visitada algumas vezes por figuras importantes do Império, um rincão encravado nas montanhas das Minas Gerais. Algumas casas ostentavam a data de sua construção gravada em uma almofada na parte mais alta da fachada, em um escudo em alto-relevo, com contornos harmoniosos, e no centro o ano de construção. Uma delas marcava o ano de 1935, 21 de abril de 1935, dia de relembrar Tiradentes.

A casa era pintada de branco com detalhes em azul, era estreita, talvez uns 8 m de frente, tinha um telhado baixo, de duas águas, em cuja cumeeira havia a figura de um galo que oscilava mostrando a direção do vento. Tinha uma porta central de duas folhas que era ladeada por duas janelas, todas pintadas de azul, em madeira boa, mas já bastante desgastada pela ação do tempo.

As colunas, em vigas robustas de madeira, ficavam à vista e compunham a beleza da fachada.

Não tinha campainha, mas um batedor de porta, aldrava acho que seria o nome correto, fundida em bronze e que representava uma cabeça de leão com sua exuberante juba.

Uma pequena lâmpada incandescente estava instalada sobre a porta para iluminar a entrada da casa durante a noite. Tanto as portas quanto as janelas

SONHOS, MEMÓRIAS E DIVAGAÇÕES

tinham composições almofadadas de grande delicadeza e de contornos sofisticados, marcas da habilidade dos marceneiros daquela época.

Por uma parede, que havia perdido um pedaço do emboço, se podiam ver os tijolos da época do Império, muito maiores que os usados hoje em dia e com o escudo do Império gravado em alto-relevo em uma das faces.

A cidade se chamava Baependi, que quer dizer "Rio do Monstro Marinho" na língua tupi; sim, não há engano, o nome indica que havia um monstro, supostamente marinho, no rio de nome Baependi. Um rincão fundado em 1723, com pouco mais de vinte e quatro mil habitantes, cheio de rios e cachoeiras de tirar o fôlego, com uma igreja matriz, homenageando Nossa Senhora de Montserrat, a santa da Catalunha, e terra protegida pela Santa Nhá Chica, venerada por muitos ainda nos dias de hoje.

Todas essas lembranças passavam pela cabeça de Nhô Rufino enquanto caminhava rua acima em direção à igreja matriz. Lá, onde também havia uma praça, ele esperava encontrar algumas pessoas com quem pudesse conversar.

Chegando à igreja matriz, Nhô Rufino encontrou-se com duas beatas que apenas saíam da igreja logo após a missa das 9h. Ele se aproximou delas, esperançoso de que pudessem lhe contar algo sobre a cidade e suas histórias, coisas que ele ainda não soubesse. Não precisou se apresentar, conhecido que era na cidade. Cumprimentou-as e perguntou se podia acompanhá-las pelo trajeto que ia da matriz para o Santuário de Nhá Chica, pois era esse o destino das beatas.

O objetivo delas ao visitar o santuário era o de ajudar a preparar a recepção dos peregrinos que completavam naquele dia os 270 km do caminho de Nhá Chica, que se iniciava na cidade de Inconfidentes, também em Minas, e atravessava grandes planícies e as zonas montanhosas, com rios e cachoeiras da Serra da Mantiqueira. São treze dias de caminhada, começando na capela de Nhá Chica, em Inconfidentes, MG, passando por treze cidades, todas preparadas para recepcionar os peregrinos.

Elas contaram ainda que foi Nhá Chica quem curou uma mulher de uma doença congênita no coração, que inexplicavelmente desparecera do nada às vésperas da cirurgia reparatória. Foi esse o seu grande milagre devidamente reconhecido pela igreja.

As duas beatas, Dona Hercília e Dona Zuleide, se vestiam como se vestem as beatas, longos vestidos escuros, que desciam até os tornozelos, meias pretas e sapatos também pretos. Usavam xales cobrindo os ombros e as costas, até quase a cintura, confeccionados em tricô. Os cabelos eram cobertos por um véu, desses usados pelas freiras, mas um pouco mais curtos, carregavam ainda um terço, enrolado em uma das mãos, e um exemplar do Novo Testamento. Tinham um modo peculiar de caminhar, já que os vestidos não permitiam movimentos mais amplos das pernas, lembrando as gueixas orientais.

Dona Hercília era a mais faladeira, era ela que se adiantava sempre para responder às perguntas de Nhô Rufino.

Dona Zuleide não havia falado mais que duas ou três palavras durante todo o trajeto e isso aguçou a curiosidade de Nhô Rufino. Então ele perguntou diretamente a ela o que a levava a essa rotina diária de frequentar a igreja matriz e depois se dirigir ao Santuário de Nhá Chica. Ela se virou para ele e timidamente respondeu: "Compromisso, meu senhor, meu compromisso com Nhá Chica".

Dona Hercília então interveio dizendo: "Ela fala com Nhá Chica! Nhá Chica dá instruções diárias a ela e ela as cumpre todas, devotadamente".

Nhô Rufino perguntou então como poderia isso ser? De que forma elas se comunicavam?

Dona Zuleide disse: "Eu apenas a escuto, venho diariamente ao Santuário porque ela sempre tem algo para me dizer, na maioria das vezes para me pedir algo; localizar alguma pessoa entre os retirantes peregrinos, levar mensagens e prover conforto, muitas vezes instruí-los sobre como superar as suas angústias e sofrimentos".

Nhô Rufino disse então: "Dona Zuleide, haveria algo que Nhá Chica gostaria de falar para mim?".

Dona Zuleide respondeu: "Não, Nhô Rufino, o senhor é um homem bom, mas de pouca fé. Seria um desperdício Nhá Chica dirigir-se diretamente ao senhor, ela só fala com pessoas de muita fé e em estado de grande precisão, e não me parece que o senhor carregue penas ou sofrimentos que necessitem da intervenção dela".

Nhô Rufino então pediu a ela que contasse alguma história onde a intervenção de Nhá Chica tivesse de fato impactado a vida de algum retirante. Ela então

SONHOS, MEMÓRIAS E DIVAGAÇÕES

contou a ele a história de um senhor que fizera a peregrinação para pedir a intervenção de Nhá Chica para curar a esposa, que ele deixara acamada em casa, acometida de um mal que os médicos não conseguiam definir a causa. Ela, de um dia para o outro, caiu de cama, abatida por uma grande fraqueza e um desânimo que nenhum médico conseguia diagnosticar ou tratar.

"Nhá Chica me pediu para dizer a ele que o mal que atacara a sua esposa não era uma doença do corpo, mas uma doença da alma. Que a esposa dele havia perdido uma irmã, que se suicidara depois de desavenças sérias, quando foi flagrada como a responsável pelo desaparecimento de parte da fortuna da irmã; fortuna deixada pela mãe de ambas em uma conta conjunta pertencente às duas irmãs. Depois de jurar nada saber sobre o desaparecimento do dinheiro, foi desmascarada por um investigador que localizou o dinheiro em uma conta em nome de uma pessoa já falecida, mas que era controlada por ela. A vergonha e o temor de ser presa a levou a um grande desespero, a ponto de tirar a própria vida e ela hoje ronda os entornos onde vive a irmã traída, em busca de perdão, para poder por fim descansar."

"O marido", continuou Dona Zuleide, "de fato tinha ciência da fatalidade, sabia o quanto a traição da irmã e a sua inesperada morte, em circunstâncias tão excepcionais, afetavam a sua esposa."

"Sua esposa, pedia Nhá Chica, precisa dar à irmã o seu perdão, mas o seu mais sincero perdão. Peça a ela para rezar uma missa em intenção de sua alma e peça ainda ao pároco que faça orações em sua casa, abençoando-a e pedindo a Deus que conceda o perdão à falecida pelos pecados cometidos", finalizou Dona Zuleide.

"Semanas depois", acrescentou Dona Zuleide, "reencontramos o retirante, que repetia a peregrinação, mas agora trazendo a sua esposa, já recuperada. Eles vinham em missão de agradecimento, felizes que estavam pela irmã falecida ter enfim encontrado descanso e o perdão divino e pelo cura alcançada pela irmã sobrevivente."

Nhô Rufino não se deixou impressionar pela história, mas agradeceu à Dona Zuleide por tê-la compartilhado com ele.

Ele se despediu e seguiu sua caminhada, agora em direção à parte norte da cidade, onde várias hortas eram cultivadas com uma grande variedade de legumes e hortaliças, temperos e ervas medicinais que abasteciam as feiras e os mercados da cidade. Ali encontrou vários homens trabalhando, mas também algumas mulheres e crianças, meninos em sua maioria. Alguns homens preparavam pequenos canteiros para utilizarem como sementeiras e outros maiores para onde as mudas, depois de germinadas, seriam transplantadas. As mulheres e crianças percorriam os canteiros de legumes e hortaliças, inspecionando cada planta, arrancando ervas daninhas e buscando por fungos e insetos, lagartas e caramujos que pudessem prejudicar as plantinhas. Os meninos traziam regadores com a água, que era usada para umedecer os canteiros e molhar as plantas, e saquinhos com as sementes que seriam plantadas para germinação.

Em um dos canteiros havia uma senhora e um gato que a seguia onde quer que ela fosse, Nhô Rufino achou aquilo interessante, um gato que seguia uma senhora pelos canteiros da horta era uma coisa incomum. Havia uma menina, de uns oito anos talvez, ela se aproximou da senhora e perguntou como se chamava o gato. A senhora respondeu: "Maximiliano, menina, ele se chama Maximiliano". A menina se aproximou e pôs-se a afagar o gato, ela ria e dizia: "Maximiliano, como pode um gato chamar-se Maximiliano?". E ria compulsivamente sem parar de afagar o gato. A senhora então disse a ela que havia uma razão para esse nome, contou que seu marido, já falecido, tinha uma grande admiração por Maximiliano I, imperador mexicano que substituiu a Benito Juárez por indicação do próprio Napoleão III. A história de Maximiliano, como imperador mexicano, foi breve e não havia sido uma história de sucessos, mas seu marido achava o nome imponente e, apesar da breve história desse imperador, resolveu dar seu nome ao gato que ele ganhou de uma família de mexicanos que vivera por ali por algum tempo. Daí o nome, Maximiliano.

Nhô Rufino então se fixou na menina, soube que ela se chamava Vera. Perguntou onde estariam seus pais e ela respondeu: "No céu, ao lado de Nosso Senhor Jesus".

Ele quis saber o que acontecera e ela explicou: "Foi uma praga, ou uma peste, não saberia dizer a diferença, a pouca comida foi consumindo os dois e eles foram acometidos pela febre terçã e não resistiram a ela. Chamam-na febre terçã porque ela ocorre em um dia e passa três dias sem incomodar, dizem que vem de um mosquito. Eles foram enterrados em uma cova comunitária; atearam fogo em seus corpos juntamente com dezenas de outras pessoas, foram cobertos com cal e ali soterrados. Eu sobrevivi e as freiras de Nhá Chica me acolheram e aqui estou já há mais de um ano. Vou à escola da prefeitura pela manhã e à tarde ajudo nas hortas, aqui todos são muito generosos, sempre me dão o que levar para casa, as irmãs ficam gratas e eu me sinto feliz".

Nhô Rufino apiedou-se, mas pôs-se novamente a caminho.

Mais à frente deparou-se com uma cruz de madeira à margem da estrada, havia também uma placa com algo escrito nela, mas que o tempo tornou quase ilegível, via-se apenas o fragmento de uma data, "março de 1982". Era tudo o que se podia ler. Sem que ele percebesse, um velho senhor se aproximara, intrigado com a curiosidade de Nhô Rufino, que ainda tentava decifrar o que estava escrito na placa junto à cruz de madeira.

"Aqui reside a razão da minha saudade, saudade que nunca me deixará. Também reside a causa da minha tristeza, que me acompanhará até que me findem os dias, 19 de março de 1982. É isso que a placa diz."

Nhô Rufino viu no rosto do homem que era dele aquela tristeza. Talvez a mulher amada, ou um filho precocemente levado, não teve coragem de perguntar.

O velho prosseguiu: "Alguns de nós experimentam a felicidade só para depois sofrer a perda dela. Deus me deu Maria e ela me deu a pequena Natália e um caminhão desgovernado me tirou as duas. Eu venho amiúde aqui para falar com elas. Eu já deveria ter trocado esta cruz, que desleixado sou eu. Era uma sexta-feira de festa, Dia de São José, o Carpinteiro, pai de Jesus e esposo de Maria. Esta elevação costumava ser um ponto de ônibus onde elas esperavam pela minha chegada. Havia um banco sob uma pequena cobertura que protegia do sol e da chuva. Eu vinha de Caxambu e elas me esperavam com vestidos de festa, iríamos juntos à missa na catedral e depois aos festejos na praça da matriz. Foi uma fatalidade, uma daquelas crueldades divinas que jamais chegaríamos a entender. Sobrou esta cruz e esta placa que já não se pode ler".

A manhã já chegava ao seu fim para ceder lugar ao entardecer, Nhô Rufino decidiu voltar, já tinha muitas histórias para contar. E ele as contou, muitos souberam das beatas de Nhá Chica, de Dona Zuleide que falava com a santa e recebia instruções dela, da esposa que foi curada de um mal da alma ao perdoar a irmã desonesta, do gato chamado Maximiliano, da menina que a febre terçã tornara órfã, que estudava na escola da prefeitura e trabalhava à tarde nas hortas da cidade, da cruz à beira da estrada e do velho que carregava uma saudade e uma tristeza infinitas.

Assim segue Nhô Rufino, procurando e capturando histórias por aí. Um dia será a história dele que será contada, do velho que era antes de tudo um contador de histórias, um homem que abordava as pessoas para ouvir as suas histórias para depois contá-las por aí. Lá em Baependi, terra de Nhá Chica e da Serra da Mantiqueira.

31. TABACO, CAFÉ E MEL

E de repente um cheiro; tabaco, café e mel. Aí eu me lembro; momentos guardados na memória dos quais só me restou esse cheiro; tabaco, café e mel; o cheiro de um tempo em que fui feliz, e só hoje me dou conta do quanto.

32. ANÚNCIO

A todas aquelas que eu amei, eu o fiz voluntária e desinteressadamente.

Por que esses amores tiveram fim, isso não vale a pena revisitar.

O que importa é que amei e o quanto amei, é esse o tempo que realmente importa. Guardem-no consigo, o resto já não importa.

Qualquer tempo em que não haja amor e nem alguém para ser amado não passa de um enorme desperdício.

33. SOBRE O GRITO

A vida é o braço forte que pelo ar volteia o látego, que atinge e dilacera a carne, que sangra e justifica o grito. A dor que vem da alma, que retumba pela garganta e se espalha pelo ar.

SONHOS, MEMÓRIAS E DIVAGAÇÕES

O que restam são cicatrizes e o triste murmúrio em noites solitárias, quando as lembranças insistem em nos visitar.

34. SOBRE O TEMPO

Me perguntaram: quando começou o tempo?

Isso importa?

No meu senso o que importa é o tempo que nos resta, ele finda, e é curto.

E o tempo que eu já tive?

Já não me lembro mais; tempos passados são irrecuperáveis. Deles sobrevivem apenas indeléveis lembranças, umas poucas delas.

Lembranças são os resquícios do tempo, suas reminiscências.

Se valem muito ou se valem pouco, são o tanto que o tempo passado deixou.

Quanto ao espaço, ele é só o entorno onde a nossa vida acontece.

Espaço-Tempo? Ah, Einstein, sua porra, tudo só para sacanear!

O sentido da vida?

Usufruir dela, amigos, assim de simples.

Usufruir dela.

Cada gota, cada minuto, do nascimento à morte.

Esse é o tempo que importa.

... mas eu já vi Plutão e Andrômeda, Betelgeuse, o cinturão de Órion: Alnitak, Alnilam e Mintaka.

E o que elas dizem?

Será que ainda estão lá?

Nossos céus são ocupados pela luz de estrelas que há muito se extinguiram. São fantasmas que sobrevivem ao tempo em decorrência do espaço que percorrem.

O hábito sempre se subverte pelo que é súbito, por ser o súbito sempre inesperado.

Assim são as nossas vidas, um amontoado de hábitos que só se alteram quando algo inesperado acontece e subitamente altera a rotina que chamamos de viver.

Ainda assim vale a pena.

Um dia seremos apenas como o brilho de uma estrela morta, cuja luz ainda viaja pelo espaço apesar do tempo. Um tipo de lembrança que viajará pelo tempo, enquanto houver espaço.

35. 1970'S

Volto aonde nossa história recomeçou, tantos anos depois, em um tempo quando, da nossa juventude, só umas poucas lembranças restavam. Vidas recompostas, mundos construídos em outros arredores, a presença de pessoas que nunca ou pouco partilharam daquela época em que nos amamos, e amamos muito, é assim que me lembro.

A sombra da distância, do esquecimento caiu sobre nós, mas as artimanhas do tempo, e a tecnologia que com ele veio, mais uma vez nos uniram.

Um reencontro fortuito, ambos desejosos e saudosos daqueles anos felizes vividos na década de 1970. Daquele amor que surgiu de um olhar, e que foi guardado adormecido por tanto tempo, e que despertou agora, em um momento em que ambos estamos fartos dos nossos enganos e dos incômodos que se instalaram em nossas vidas.

Arrependimentos, incompatibilidades que passaram a dominar nossos dias, e noites.

A rotina desenvolvida para sustentar uma tolerância que cada vez menos sentido fazia.

E a solidão? Ah, a solidão.

E o reencontro, tão rico, tão bem-vindo.

Tão esperado, mas que durou tão pouco. Um ano e tal, foi o que o tempo nos deu. Não chegou a dois.

Eu me entreguei, fiz de você parte da minha vida, do meu dia a dia.

Abri meus segredos, as minhas fraquezas, enquanto você esteve lá.

Um dia, desapercebido, esbarrei nas paredes que você passou a levantar. Não sei se elas serviam para te proteger ou me manter afastado de você; acho que dava no mesmo.

Foram tantas as vezes que eu te disse, te amo, e você desdenhou, depreciou o meu querer.

E eu fui percebendo, você já não estava mais, havia tomado outro rumo, havia mais uma vez partido, restavam então só mais algumas lembranças para se somarem àquelas deixadas lá atrás, nos 70's.

Enfim eu me quedei, deixado de lado, mais uma vez desconsiderado, não houve sequer uma advertência.

E o tempo, o que ainda me resta? Hei de ocupá-lo mais uma vez com lembranças, desapontado, mas sem julgamentos. Rumo a um futuro no qual você já não cabe.

E a escalinata? Se perderá definitivamente no tempo? Não ouso mais procurá-la.

36. SÃO JOSÉ DO BREJO DA CRUZ

Aqui, sob a sombra desta árvore, este ipê, já desfolhado pelo inverno, que recobre de amarelo a estrada que cruza a propriedade, no verão e na primavera, cobrindo o chão com suas flores que o vento desinteressadamente derruba.

Tudo amarelinho, flores que em poucos dias estariam secas e mortas, submissas aos ventos que cedo ou tarde as levariam, espalhando-as pelos cantos, até que ninguém mais as notaria.

Um milagre neste chão dos angicos, das aroeiras e baraúnas, das catingueiras e mulungus, quixabeiras e umburanas.

Ali eu jurei; esta é minha terra, daqui jamais sairei. Sou pó destas capoeiras e a elas retornarei, quando meu tempo findar.

Meu nome é José Firmino, nascido em São José do Brejo da Cruz, nos arredores de Brejo da Cruz e Catolé do Rocha, em homenagem a um tipo de coco e um homem de sobrenome Rocha, no interior da Paraíba, onde estas coisas têm cabimento.

Uma cidade de apenas 1.800 habitantes.

Ipês não são comuns por ali, mas este foi um presente de meu pai à minha mãe, uma árvore colorida e perfumada, plantada na ribanceira da pequena estrada que levava à nossa casa, onde se instalou um açude, quase sempre esvaziado pelo sol escaldante.

Meu pai cuidava de uma pequena roça que ele desenvolvera nos arredores da nossa casa.

Terra árida que por milagre florescia, sempre que a chuva caía.

Feijão, milho e macaxeira compunham o roçado de onde vinha a nossa colheita, lado a lado com a plantação da palma forrageira e do mandacaru, sustento do gado quando tudo o mais perecia, quando o tempo era mais seco; assim se divide o tempo no sertão: seco e mais seco.

Esta é minha terra, é nela que em pó me tornarei. Abandonada, esquecida, localizada entre o limbo e o purgatório. Onde sobrevivem os mais fortes, aqueles que insistem e resistem, apesar da seca, do abandono, apesar de tudo. Tem a alma do mandacaru; teimosa, espinhenta, necessária.

No sertão só existe o que é improvável, mas renitente, cujo lema é a teima, a obstinação.

Eu, Maria Rita, Ritinha e José.

Um bode chamado Pondé, em homenagem a um filósofo popular, pernambucano, formado em Israel, o deserto que deu certo, duas vaquinhas com bezerros e uma meia dúzia de cabras.

É deste lugar que quero falar, desta terra que, apesar de castigada e tão sofrida, ainda assim me acolhe, impede que a vida em mim se expire, nesta luta permanente, o meu sertão e eu, o seu sertanejo.

Povo remanescente das incursões bandeirantes, na campanha de ocupação de território promovida para desafiar Tordesilhas e tirar proveito da desatenção da coroa espanhola, que apenas se consolidava nos territórios mais a Leste e ao Sul, lá pela bacia do Prata.

Povo cuja fé fora herdada dos missionários Jesuítas, encarregados de domesticar e catequizar os indígenas na campanha de avanço da cultura da pecuária, que até hoje prevalece na região.

A prosperidade conquistada com os engenhos de cana foi empurrando o gado das faixas litorâneas para o sertão do agreste e com ele seguiam os vaqueiros que miscigenados com os indígenas foram forjando a raça do sertanejo, irmã dos mandacarus, dos angicos e das umburanas.

Eu nasci aqui, enterrei pai e mãe aos pés do pé de ipê, Maria Rita eu conheci em Catolé do Rocha. Foi lá que noivei e me casei, mas foi aqui neste roçado que Deus me deu Ritinha e José, e também me negou duas barrigas que em Maria Rita não vingaram.

O sertão tem disto, ele nega, mas também dá e quando dá a bênção é grande.

Eu sou um sertanejo afortunado, dono de gado e de roçado, Maria Rita, Ritinha e José, bênção de Padim Ciço Romão Batista.

E de minha mãezinha, Nossa Senhora surgida das águas do Paraíba para abençoar esse nosso Brasil.

O sertanejo é solitário devido às lonjuras do sertão, mas solidário, não falta nunca uma rede para a acolhida, um embornal com farinha com carne de sol para atender o viajante em sua jornada.

O sertão, não é de hoje, é terra esquecida, lugar onde a abundância é mínima, irrisória, mas suficiente. Lugar onde são forjados os fortes, os resilientes cujo amor pela caatinga vem da reciprocidade de uma terra que agoniza, mas não sucumbe.

O que eu quero é que vocês saibam que eu nasci do pó que o vento sopra, por aqui e acolá, por entre angicos, aroeiras, baraúnas, catingueiras e mulungus, quixabeiras e umburanas. Onde o gado come as palmas de mandacarus e forrageiras e onde retirantes encontram uma rede armada e um embornal com farinha e carne seca.

Enquanto Padim Ciço e mãezinha Aparecida permitir, estaremos aqui, eu, Maria Rita, Ritinha e José e um bode chamado Pondé.

37. SOBRE O TEMPO 2

Todo momento é exato, porém fugaz. Ele ocorre, decorrente de um outro momento que o antecedeu e passou, já não é mais, deixou de ser. Dele nada restou além das impressões que causou. Essas, sim, duradouras, transformadas em memória, guardadas no baú das lembranças em que o que é passado vai se transformando.

É o que me fez o que eu sou, sim, o passado. Vem dele a substância que me formou, esta imagem do tempo que passou, a sua consequência.

Os cheiros que guardo, as imagens, os sabores. E os amores? Ah, os amores! Não foram muitos, mas foram intensos, todos me marcaram profunda e indelevelmente. Cada um tem nome, tem o seu próprio tempo e lugar, uma praça, um jardim, uma música… os olhares e os sorrisos que guardo, é deles cuja falta mais me ressinto.

Deixaram vazios jamais preenchidos, a não ser de saudades.

Não creio que seja justo que esses vazios acomodem apenas saudades. Mas são elas que viajam pelo tempo, através dele, nos acompanham até que nosso tempo finde, se acabe. Desenvolveram essa habilidade.

Às vezes invadem meus sonhos, me enganam com promessas que jamais se cumprirão, e se vão.

Sonhos vivem à mercê dos desejos, são enganosos, prevaricam na tarefa de cumprir o que prometem, ou sugerem. Não chegam sequer a oferecer uma esperança, mas, de alguma maneira, são sempre bem-vindos e apreciados.

Hoje, no outono da minha vida, já não me engano com o tempo. Ele é cruel, impessoal, desconsiderado. Também ele é constituído de momentos, os que já se foram e os que o futuro ainda gesta e que eu aceitarei agradecido. Assim se passam as coisas quando o tempo que nos resta é menor do que o que já passou.

Aceito o futuro, anseio por ele, mas já não dependo dele, cheio de lembranças que estou, lembranças que me fazem companhia e preenchem os vazios que a vida me deixou.

38. SACO DE SONHOS

E este era o seu jeito de olhar o mundo. Sem intenção, ao acaso.

Olhos atentos aos que por lá passavam, pelos arredores.

—Vejam aquela menina, ela leva em suas mãos um saco de sonhos. Sonhos que remetem a desejos, desejos que só em sonhos se realizam; um namorado, um vestido colorido, um passeio de mãos dadas em uma noite enluarada.

Palavras doces sussurradas aos ouvidos, um sorvete de morango e chocolate, uma jura de amor, uma promessa de vida.

— E aquele menino? Carregado de esperança, confiante em um futuro que ainda não chegou. Ele também sonha, mas seus sonhos são mais simples, mais fáceis de realizar. Um bom emprego, uma casa para voltar, uma mulher carinhosa, um par de guris para acarinhar. Um cachorro vadio de rabinho nervoso, de lambida molhada, pretinho com manchas brancas nas patas, de nome Minduim.

— As pessoas caminhando pela praça, gastando o tempo que têm para desperdiçar. Um tempo sem pressa, tempo para se desfrutar; uma parada no coreto, as luzes coloridas na fonte luminosa, os jardins floridos, veredas ladeadas por bancos para se sentar e namorar.

E a alegria dos pombos e pássaros em confusas e coloridas revoadas, depois de ciscar as migalhas que as pessoas generosamente atiravam.

39. DIMITRI

Entrei pela porta que dava para a sala de estar da casa, uma porta à esquerda dava acesso à biblioteca em cujo centro fora acomodado o esquife onde ele jazia, calmo, impávido, as mãos repousadas uma sobre a outra, apoiadas no centro do peito. Um pouco abaixo do nó da gravata, escura, sóbria como ele costumava ser.

Não era um homem ruim, tinha um bom coração, era o arrimo de uma fracassada família, duas irmãs desquitadas, um irmão alcoólatra que não se fixava em nenhum emprego e um par de sobrinhos, mimados, um de cada irmã, que falavam sempre choramingando, como se na vida tudo merecesse ser lastimado, como se tudo fosse motivo de sofrimento e dor, e o que era correspondido com mais mimos.

Seus sapatos luziam impecáveis, pretos com cadarços também pretos, amarrados e terminados por dois laços simétricos, exatamente iguais.

Seu terno, muito bem cortado, se ajustava com perfeição àquele corpo esguio, de pernas e braços longos, tinha um cravo na lapela e no bolso um lenço branco, dobrado de forma a deixar à mostra três pontas dobradas também simetricamente.

Seu temperamento era seco, sempre direto e econômico ao falar, mantinha uma distância segura de quem quer que fosse, sem jamais permitir qualquer intimidade.

Era essa a sua postura.

As pessoas ao seu redor o respeitavam, havia até uma certa admiração, mas muito mais um respeito que era exigido, mas também devido.

As circunstâncias garantiam isso a ele.

Viviam todos em uma mesma casa, uma edificação antiga, com muitos quartos e com uma área independente da área de convivência principal, com sala e cozinha própria, e três quartos amplos onde se alojavam Helena, Ludmila, Vladimir e as crianças.

Eram atendidos por um serviçal que tinha a função de cozinhar, lavar e passar as roupas e manter os cômodos limpos e organizados.

A parte principal da casa, onde se alojavam Dimitri e sua esposa, Irina, era servida por uma governanta, Evangelina, que já trabalhava lá há muitos anos, duas serviçais e um motorista, marido de Evangelina. Não costumavam se misturar com frequência, havia um certo respeito territorial.

As festas e reuniões eram frequentes, afinal ele era um homem importante, ocupava o lugar de intendente principal da administração local, com poderes policiais e fiscais, respondendo diretamente ao prefeito da pequena cidade de Trencín às margens do rio Váh.

Dimitri Scarlakov era o seu nome. Filho de uma família de grande influência, descendentes de banqueiros e industriais do ramo da manufatura; armas, ferramentas e implementos agrícolas, donos de terras onde rebanhos de bovinos e caprinos eram criados.

Dimitri tinha uma grande área plantada com cevada e trigo que ele mesmo administrava e para isso contava com a ajuda de um jovem, de nome Ilya, que era seu braço direito e homem de confiança.

Irina é uma jovem e bela mulher, quase vinte anos mais jovem que Dimitri, filha de uma família de cuja nobreza apenas a tradição ainda restara.

Não tinham filhos, apesar de os desejarem muito.

SONHOS, MEMÓRIAS E DIVAGAÇÕES

Era a ela que Ilya se reportava quando os afazeres de Dimitri o impediam de cuidar ele próprio dos negócios.

Irina era muito ativa e tinha uma habilidade admirável de coordenar as atividades nas terras da família. Desde a compra de sementes, a preparação da terra, o cuidado com a plantação, até a colheita e o armazenamento, buscando as melhores oportunidades de comercialização.

Tinha um grande entendimento do mercado e uma relação de intimidade com os principais comerciantes, tanto do varejo quanto aqueles que concentravam os negócios no atacado de cereais.

Era ainda muito jovem, apenas completara vinte e quatro anos, era alegre, contrastava com a seriedade e comportamento formal do marido, mas que a amava e a tratava com gentileza e respeito.

Ela era a sua maior conquista, era ao lado dela que ele conseguia relaxar, despir-se da armadura que sua vida profissional exigia que usasse.

Ao voltar do trabalho, das diligências e extenuantes tarefas que sua função demandava, eles tinham o hábito de se reunir na biblioteca para um chá, conversavam sobre as atividades na fazenda, sobre as negociações em andamento e as perspectivas para a colheita daquele ano.

Ele a poupava dos detalhes enfadonhos de suas tarefas como intendente, raras vezes desabafava expondo a podridão do ambiente que ele era obrigado a frequentar. As tentativas de suborno e as ameaças veladas feitas pelos comerciantes e outros inadimplentes com o tesouro local. As autoridades, em especial o prefeito, faziam vista grossa com a sonegação de impostos, com a adulteração dos livros contábeis que habilmente escondiam os lucros e reduziam os impostos a quantias irrisórias, escandalosamente.

Seu poder de polícia era cerceado por amizades de bastidores que favoreciam os infratores, desencorajando a correção e impedindo que a lei de fato imperasse.

Ele se habituara a essas coisas e ficava extremamente constrangido de deixar isso transparecer para Irina.

Ele a conhecera em uma festa que comemorava o dia da padroeira da cidade, Nossa Senhora das Dores, em um 15 de setembro, comemorado em toda a Eslováquia.

Ele a viu na praça, acompanhada de sua mãe e das irmãs, tão linda. Ela vestia uma saia rodada colorida e uma blusa branca com um colete bordado de colorido, desses que caracterizavam as camponesas da região.

Caminhavam alegre e ruidosamente e ele passou a segui-las, primeiro com o olhar, depois caminhando pelo mesmo caminho que elas tomavam, erraticamente pela praça, olhando as muitas atrações espalhadas pelas ruas e veredas; barraquinhas com comidas típicas e guloseimas, jogos e folguedos promovidos pelos religiosos da cidade para angariar fundos para as obras de caridade.

Ela parou na barraca de artesanatos onde peças de ouro e prata estavam expostas e ele viu que ela se encantou por um colar de pedras coloridas, com uma medalhinha com a imagem de Nossa Senhora das Dores em alto relevo, com uma coroa com pedrinhas de brilhantes sobre a cabeça e em seu coração as sete espadas que simbolizavam as dores da mãe de Cristo em seu calvário.

Quando ela se retirou com as irmãs ele foi lá e a comprou, guardou-a no bolso em uma caixinha de veludo azul, a mesma onde o colar estava exposto.

Ele as seguiu por mais algum tempo até que elas entraram e se acomodaram em um banco da catedral, onde uma missa seria realizada.

Dimitri entrou na catedral e buscou um lugar de onde pudesse continuar a admirá-la.

Ele era um homem conhecido e elas já se haviam dado conta de seu interesse.

Ao final da celebração, após a comunhão e a saudação do sacerdote e da sua bênção de despedida, ele se aproximou delas, saudou a mãe, tirou a caixa de veludo do bolso e entregou a Irina dizendo:

"Me perdoem a ousadia, mas não pude deixar de notar seu interesse por este colar."

Abriu a caixa e o mostrou a ela.

"Gostaria de presenteá-lo a você como sinal de respeito e admiração. Gostaria ainda de convidá-las para um jantar de celebração à Santa esta noite em minha casa, o próprio padre estará lá, assim como outras pessoas comprometidas com as obras de caridade da nossa cidade. Será um prazer recebê-las entre eles. Se me derem o seu endereço posso mandar um veículo para buscá-las, digamos, às 20h esta noite."

Elas assentiram, agradeceram o convite, mas dispensaram o veículo. Podiam chegar à mansão por meios próprios.

Quando elas chegaram, desta vez apenas Irina acompanhada pela mãe, os olhos de Dimitri se encheram de luz. Irina usava o colar com a medalha de Nossa Senhora das Dores. Tinha posto um vestido de tecido de um lilás suave, os ombros cobertos por um xale de crochê finamente confeccionado e usava uma tiara de marfim prendendo os cabelos no alto da cabeça em um penteado que lembrava uma princesa, deixando os ombros aparentes e um pescoço alvo e esguio ornado graciosamente com o colar.

O pai de Irina era um homem limitado por uma doença que o impedia de caminhar sem ajuda e por isso tornara-se um recluso e raramente saía às ruas.

Tinham algumas posses, mas seus recursos eram limitados, ele era um aposentado da administração pública e o que ganhava apenas os mantinha de uma forma minimamente decente.

Viviam nos arredores da cidade, em uma casa simples, mas bem localizada, a poucas quadras da catedral.

Dimitri a cortejava com frequência e um casamento foi acordado pelas famílias com a anuência de Irina, cada vez mais encantada com a deferência e a atenção que Dimitri brindava a ela.

Eles se casaram na catedral em um domingo do mês de maio, o ano era 1917, ano em que Irina havia completado dezessete anos.

Meu nome, acho que a esta altura vocês já devem estar se perguntando, é Petrus Chevchenko, sou um investigador da polícia governamental e estou envolvido na investigação de um provável crime de assassinato, por possível envenenamento, cuja vítima seria Dimitri Scarlakov, o intendente da administração local.

Minhas investigações haviam se iniciado muito antes da fatalidade, fiscais de renda acionaram o ministério da justiça para investigar o prefeito e seus comparsas, suspeitos de sonegação e fraudes contra o fisco.

Eu já havia entrevistado Dimitri, mas ele se recusou a me dar detalhes, parecia temer alguma coisa e seus temores, agora plenamente justificados, eram relacionados ao fato de que ele sabia com quem estava lidando. Não se poderia dizer que ele fazia parte dos esquemas, mas havia evidências, ou suspeitas, melhor dizendo, de que ele fazia vistas grossas para determinadas evidências que ele achava mais prudente ignorar.

Homem rico, de família tradicional, convivia com uma elite de moral duvidosa e sua experiência lhe dizia que combater essa gente seria uma luta inglória, para não dizer inócua.

Ele fora encontrado na biblioteca, caído e ainda segurando a xícara de chá em uma das mãos. Foi Irina quem o encontrou ao buscá-lo para a conversa diária, durante o chá que compartilhavam todas as tardes.

Minhas suspeitas não tinham alvo certo, muitas pessoas se beneficiariam da morte de Dimitri.

Algumas semanas já haviam se passado desde os funerais de Dimitri e minhas investigações pareciam não levar a lugar algum.

O meu leque incluía muitos comerciantes da cidade, autoridades ligadas ao prefeito, o próprio prefeito e Ilya, administrador da propriedade. Irina também; sim, por que não, a própria Irina?

Minhas diligências mostraram que Ilya não apresentava qualquer indício de enriquecimento, vivia a mesma vida simples e dedicada ao trabalho que sempre vivera. Seguia fiel à família prestando contas a Irina.

As irmãs e o irmão de Dimitri agora viviam sob a proteção de Irina, que fazia questão de manter um distanciamento saudável desse lado da família do marido. Eles também seriam alvos das minhas investigações.

Promovi uma devassa nos livros das empresas de vários suspeitos e muitas irregularidades foram detectadas, os suspeitos foram intimados a dar explicações. Todos negavam qualquer confrontação com o intendente Dimitri. Todos declaravam amizade e admiração pelo intendente.

Em uma das empresas, uma exportadora e atacadista de grãos, uma primeira pista apareceu. Em um dos livros da contabilidade aparecia um pagamento suspeito, com um depósito bancário para o irmão de Dimitri, Vladimir, em uma conta que ele tinha com suas irmãs Ludmila e Helena, onde Dimitri depositava a mesada que dava aos irmãos mensalmente.

O depósito era justificado como um pagamento a título de antecipação de compra de uma certa quantidade de grãos da safra que estaria sendo colhida naquele ano. O comerciante, quando questionado, afirmou que prestava um favor pessoal a Dimitri, comprando um carregamento de grãos que era agenciado por Vladimir, com a sua autorização.

Vladimir confirmou a versão. Argumentava que Dimitri havia disponibilizado essa quantidade de grãos em um acordo para que ele e suas irmãs deixassem a mansão e fossem tocar as próprias vidas em outro lugar.

A venda dos grãos iria garantir a subsistência destes pelos anos vindouros com alguma dignidade. Mencionava ainda reparações por direitos de herança que ele e as irmãs teriam.

A história de Vladimir não se sustentava em pé, pois na cidade todos conheciam bem a sua fama, a forma irresponsável com que ele lidava com os bens familiares recebidos por ele e suas irmãs, seu vício em bebida e com os jogos de azar.

Havia ainda o fato de que Irina nada sabia desse acordo e dessa cessão de grãos, fato que também era ignorado por Ilya, que era a evidência mais contundente de que Vladimir estava mentindo.

Esse adiantamento financeiro precisava ter o respaldo de um contrato que detalhasse a transação, esse contrato não foi disponibilizado quando solicitado, mas os representantes da empresa alegaram que Dimitri havia falecido antes de assinar o acordo como corresponsável, afinal, na prática, era ele quem deveria entregar a carga de grãos comprada a Vladimir.

As buscas no escritório e na biblioteca de Dimitri não revelaram qualquer vestígio que comprovasse a transação, e como a quantia adiantada a Vladimir era uma pequena fortuna, algum registro deveria existir, alguma garantia.

Irina estava disposta a honrar o "compromisso", animada que ficou com a possibilidade de se livrar dos incômodos cunhados e de suas crias.

Ilya ainda agregou informações sobre negociações com parceiros tradicionais que contrariavam essa reserva significativa de grãos, a conta não batia.

A autópsia confirmara o envenenamento e ainda mostrara que Irina escapara por pouco de ser envenenada também.

A governanta foi interrogada, já que ela era quem preparava pessoalmente o chá dos patrões. Ela revelou que, como sempre fazia, havia preparado o bule de chá e subira para ajudar a patroa com o banho, já que nesse dia Dimitri chegara um pouco mais cedo, e se adiantara sentando-se na biblioteca para esperar pela esposa, enquanto analisava alguns papéis.

Convencido do envolvimento de Vladimir, instruí Ilya a aconselhar Irina a se recusar a honrar o negócio, ele argumentaria que a safra toda já estaria comprometida com compradores tradicionais e que via com muita estranheza essa negociação com Vladimir, devido à seriedade com que Dimitri dirigia os seus negócios e honrava os seus tratos.

Estranhava ainda mais o fato de que Irina também de nada sabia.

O comerciante foi informado do fato de que Irina não reconhecia a negociação e que nenhum grão seria disponibilizado para honrar um contrato que sequer existia.

Para surpresa de todos o comerciante sequer se abalou, ouviu passivamente e disse que se entenderia com Vladimir.

Nos dias que se seguiram uma grande parte do dinheiro depositado havia sido sacado, em moeda viva. O banco informou à investigação e eu tomei conhecimento no mesmo dia do saque.

Vladimir estava sendo seguido, mas nesse dia ele não foi ao banco, nem nos dias anteriores. Um assessor do prefeito foi descrito pelo caixa como o portador do cheque assinado por Vladimir e Ludmila. Essas eram as regras do banco para saques acima de um certo valor.

O assessor foi facilmente identificado por suas características marcantes e pouco comuns.

Era um homem de baixa estatura, cabelos avermelhados e curtos e uma barba rala com costeletas também ralas, o que lhe dava uma figura peculiar.

Seu nome era Lenine Pioter e era bem conhecido pelos colegas de prefeitura. Ruivo era seu apelido.

Ele atendeu à minha convocação, e chegou demonstrando todo o seu nervosismo, não sabia bem o que esperava e eu vi ali uma boa oportunidade.

Comecei esclarecendo a ele a gravidade do crime que estava sendo investigado, detalhei as consequências para um réu, se condenado.

O meu esclarecimento causou o efeito desejado e Lenine Pioter começou a cantar; me disse que ele desconfiava que aquela retirada volumosa de recursos deveria ter algo de errado, mas que ele não sabia o que era ou poderia ser.

As recomendações de discrição e rapidez foram exageradas. O banco fez a entrega do dinheiro em ambiente privado, cuidadosamente colocado em uma pasta dessas comuns, usadas por advogados, e o veículo colocado com exclusividade para realizar a diligência, eram coisas incomuns e muito suspeitas.

O dinheiro tinha um outro destino que não era Vladimir e nenhuma de suas irmãs, mas o próprio prefeito.

Dinheiro de uma empresa depositado na conta de um familiar de um grande produtor de grãos, a título de pagamento de uma carga de trigo e cevada, retirado da conta bancária por um anônimo e repassado em moeda corrente diretamente para o prefeito.

Parecia um bom plano, mas na verdade não era.

A morte de Dimitri provocou o aprofundamento de uma investigação que já estava em curso, antes que as pegadas deixadas pudessem ser apagadas.

Restava agora descobrir quem executara o crime e em que circunstâncias.

Um crime como esse, executado na residência da vítima, sugeria que alguém de dentro ou com acesso livre pela casa deveria estar envolvido.

A governanta era uma suspeita óbvia, porém havia o fato de estar a serviço da casa desde que Dimitri era ainda um adolescente.

As duas outras serviçais tinham acesso limitado às dependências da casa e sempre sob a vigilância severa de Evangelina.

Isso me levava de novo a Vladimir e suas irmãs, mas como descobrir?

Irina voltou aos meus pensamentos, me ocorria um plano para fazer o assassino se declarar. Meu plano era um pouco arriscado, pois colocaria Irina em novo risco, eu precisava da autorização dela.

Na semana seguinte Irina reuniu a família e anunciou a sua decisão; baseada no negócio que servia de álibi para o depósito na conta dos três irmãos, ela exigiu que o suposto trato fosse cumprido e deu prazo de duas semanas para que Vladimir, as duas irmãs e as crianças deixassem a propriedade, afinal eles já haviam recebido o dinheiro pago pela carga de grãos, omitindo obviamente que sabia da retirada do dinheiro, do envolvimento do prefeito e da confissão do assessor que realizou o saque e a entrega do dinheiro.

Irina disse a eles que se ausentaria da mansão por duas semanas e que esperava não os encontrar mais por ocasião de seu regresso.

Apavorados, os três irmãos se reuniram por um longo tempo para avaliar a situação.

A quantia que cabia a eles do dinheiro depositado no banco mal dava para alugar e sustentar uma casa por mais que dois ou três meses.

Vladimir então falou para Helena: "Você precisa fazer de novo, e tem que ser hoje, antes que ela saia de viagem". Helena ponderou: "Eles já sabem que Dimitri foi envenenado, seria muito arriscado". Ludmila concordou com Helena dizendo: "Sim, seria muito arriscado, Evangelina tem estado desconfiada e está muito mais atenta".

Helena então disse: "Fale com o comerciante, ameace-o de envolvê-lo e ao prefeito".

Vladimir então pediu ao marido de Evangelina que o levasse até a cidade, mas sem dizer exatamente aonde.

Chegando ao centro, Vladimir desceu do carro e dispensou o motorista. Seguiu a pé até um edifício de escritórios e subiu as escadas até o terceiro andar onde um amplo escritório estava instalado.

Dirigiu-se à recepção e pediu para falar com o Sr. Bratinikov, identificou-se dizendo que o assunto tinha uma grande urgência.

O comerciante o recebeu, contrariado com aquela indiscrição.

"Em que posso ajudá-lo, senhor, pensei que nossos negócios já haviam sido concluídos?"

Vladimir então contou a ele sobre a ameaça que o atormentava, pediu a ele o pagamento de uma quantia que desse a ele e às irmãs a possibilidade de reiniciar a vida em outro local.

Disse a ele ainda que o plano de eliminar Dimitri estava sendo minuciosamente investigado e que ele e suas irmãs eram o foco central dessa investigação. Disse ainda que Irina, apesar das contradições, estaria disposta a entregar os grãos, o que renderia um bom dinheiro ao comerciante.

Bratinikov ouviu atentamente, mas disse a ele que ele e a empresa também estavam sob estrita vigilância e que qualquer movimento estaria sendo monitorado.

Vladimir tentou fazer algumas ameaças, mas Bratinikov lembrou-o que o envenenamento de Dimitri fora obra dele e das irmãs e que nessa condição a palavra dele teria pouco valor, afinal foram eles os assassinos do próprio irmão, um irmão que dava a eles abrigo e sustento.

Vladimir então retirou-se, sua cabeça fervia, buscava por uma saída.

Quando ele retornou a casa, eu já o esperava lá. Ele ficou muito surpreso e não conseguia esconder seu nervosismo, eu tinha comigo dois policiais e disse a ele que esse era o momento para que ele pudesse esclarecer toda aquela movimentação e em especial aquela visita a Bratinikov. Ele gaguejou, mas justificou ter ido tratar da entrega da carga de grãos e do pagamento adicional acordado para o momento de conclusão do negócio. Eu então disse a ele que Bratinikov naquele mesmo momento estaria sendo interrogado e que as versões seriam confrontadas. Ele não contava com isso, mas manteve a sua versão.

Foi quando eu me despedi e o deixei a sós com seus pensamentos. Ele então se reuniu com as irmãs e juntos concluíram que as investigações estavam chegando perto demais, que a solução seria pressionar Bratinikov e, através deste, o próprio prefeito, para que uma solução fosse dada. Ele exigiria uma boa quantia em dinheiro para que os três pudessem fugir e se instalar em outra cidade. Utilizariam o argumento do ultimato de Irina para justificar a repentina mudança. Daí tomariam rumo desconhecido, preferencialmente para um outro país onde poderiam recomeçar a vida.

Foi quando Evangelina mandou me chamar. Ela notou a movimentação dos irmãos e mandou o marido me procurar em meu gabinete.

Chegamos à mansão enquanto os preparativos ainda estavam em andamento, os três nem mesmo tentaram disfarçar e apresentaram a desculpa do ultimato de Irina.

Ordenei uma busca minuciosa nas dependências ocupadas pelos irmãos e entre as coisas de Helena encontramos um frasco suspeito que mandei recolher para análise. Helena ficou evidentemente nervosa. Durante o interrogatório que se seguiu ela confessou o envenenamento, mas afirmou ter sido forçada pelos irmãos, que confrontados passaram a acusar um ao outro.

Vladimir, dando-se conta da enrascada em que se metiam, contou sobre a participação de Bratinikov e do prefeito, que eram na verdade os mentores intelectuais e principais articuladores do plano. Contou ainda que eles haviam feito uma tentativa de aliciamento de Ilya para que este facilitasse e colaborasse com o desvio dos grãos, mas que este se negara terminantemente e que contara a Dimitri sobre o plano que estava em andamento. Isso tornou o assassinato deste uma necessidade para que o plano tivesse chance de sucesso, além de trazer o benefício de dar aos irmãos o direito de pleitear parte da herança de Dimitri, tendo em vista que ele e sua mulher não tinham filhos, o que tornava os irmãos herdeiros legais. A morte de Irina estava dentro dos planos dos irmãos, o que faria deles os únicos herdeiros, e isso por pouco não veio a ocorrer.

Bratinikov e o prefeito foram também presos e acusados. A mala de dinheiro foi encontrada em um compartimento escondido de um armário do escritório existente na casa do prefeito.

O dinheiro foi confiscado e destinado a causas beneficentes promovidas pela prefeitura. O vice-prefeito assumiu, mas também veio a ser indiciado dias depois da confissão de Bratinikov, que além do vice-prefeito incluía outros comerciantes que participavam dos esquemas de fraude fiscal, corrupção e ocultação de receita.

Irina nunca se casou, seguiu vivendo na mansão e manteve Ilya cuidando da produção de grãos nas fazendas enquanto ela cuidava da comercialização e da relação com os clientes. Os filhos de Helena e Ludmila permaneceram na casa e passaram a ser criados e educados por babás e tutoras que em pouco tempo corrigiram os comportamentos mais afetados das crianças. Com o passar dos anos desenvolveram um grande respeito e carinho por Irina, que correspondia dando a eles, além de abrigo, uma educação sólida e focada, enquanto iam sendo introduzidos nos negócios das fazendas.

Vladimir veio a falecer na prisão, acometido de uma grave febre cujas origens nunca foram identificadas. Helena e Ludmila cumpriram dezoito e treze anos respectivamente, quando soltas passaram a ter um relacionamento apenas superficial com os filhos e passaram a viver em uma casa para idosos sustentada pelo governo.

Assim terminou a história de Dimitri, cuja leniência com pessoas corruptas e desonestas culminou com a própria morte e determinou o destino de Irina e dos sobrinhos postiços que agora lhe faziam companhia e dedicavam carinho e admiração.

40. MARIA DAS DORES

E de repente eu tinha aquele mar na minha frente, eu e Maria. De um azul, profundo e imenso. O horizonte se insistia vazio.

SONHOS, MEMÓRIAS E DIVAGAÇÕES

Era um dia azul, e só a espuma branca destoava, escorrida pela areia branca, ou quase branca.

A vida que insistentemente respirava pelos buraquinhos na areia.

E estávamos lá, eu e Maria, ansiosos, mas calmos, vasculhando o horizonte, agarrados na esperança de que o mau tempo poderia explicar.

Muito antes, houve um 17 de março, do ano de 1997, foi nesse dia; um dia assim à toa, sem provimento, mas também o dia em que partiu Maria Rita, tomada por uma fatalidade da vida.

Como é que pode? Perder a vida, durante o trabalho de parto, na tarefa de entregar ao mundo um presentinho de Deus? Uma belezura foi o seu legado, pequenina, agitada.

Maria Rita se foi em decorrência do esforço, parto difícil, naquelas lonjuras.

O choro de Mainha e Painho. E Genésio, meu irmão? Ah, como chorou Genésio.

Os barcos não foram pro mar, não teve pesca nesse dia.

Só a bênção do cura, na igrejinha no centro da praça.

Maria Rita se chamava ela, agora um corpo inerte, calado, acomodado em um esquife de terceira, fornecido pela prefeitura.

Durou pouco a função, não era miúda a procissão, uma fila que enchia a rua, uma ruma de gente. Por morada eterna, uma cova rasa, ainda sem lápide, quadra 17 na rua 8 do Campo Santo.

Genésio seguia na frente, calado como sempre fora, a criança que ela lhe dera tinha nos olhos a cor do mar, no sorriso a feição da mãe.

Maria Rita chegara à vila ainda menina, era mais linda do que tudo que Genésio jamais vira, ele a acolheu, levou-a para casa, na prainha da curva do rio, que se alargava na chegada à barra, onde o mar bebia toda a água do rio, onde Genésio tinha morada.

Foi um amor de menino, que cresceu com eles, meio assim um encantamento, uma menina linda, mas solitária. Não tinha família, não tinha morada. Chegada não se sabe de onde, e ele lhe ofereceu abrigo e acolhida. Painho e Mainha também se enrabicharam dela e ela, que era toda uma boniteza, era toda gratidão, sem ter sido nunca oferecida.

Ele completou dezoito e ela dezesseis, então ele deu-se pra ela e a tomou pra ele, fez dela Maria Rita de Genésio e ela aquiesceu.

Foi assim, um amor de causar inveja.

De lembrança ela deixou a bebê, agora órfã de mãe, ele a chamou de Maria das Dores. Que outro nome poderia ter?

Maria das Dores, filha de Maria Rita e Genésio, de olhos da cor do mar. Quando sorria, era Maria Rita que sorria nela, aprendeu a amar o mar, apreciava os frutos que o pai trazia dele.

Nos dias de pesca, era Maria das Dores que vigiava o mar, buscava no horizonte o barquinho pintado de verde; tinha uma listra amarela que marcava o limite da linha d'água, onde estava escrito um nome, Valente; barco de proa embicada, de cabine branquinha; tinha no alto a figura de São Pedro, também pescador, singrava a imensidão do mar, só regressava de porão cheio, muito peixe no sal e no gelo.

Voinho Demétrio, que já não pescava mais, reparava redes, e Voinha Jerusa, cozinheira afamada, cuidava dela enquanto o pai, nas lonjuras do mar, tinha seu afazer.

Eu os visitava a diário, na volta do trabalho na cooperativa de pesca.

Genésio era meu sócio no barco herdado de Painho, era dele a maior parte, eu ficava com parte do produto da pesca pelo aluguel da minha parte na embarcação.

Maria me chama Tio Tino, pois Celestino é meu nome.

Hoje completam dez dias, e Genésio não volta do mar. O barco e seus tripulantes, ao todo uma equipe de quatro. Um atraso pra trazer preocupação. O tempo feio traz esperança, mas, quando muito passa, vem pra mal agourar.

Maria das Dores, por economia chamada apenas Das Dores, também fazia vigília, vasculhando a imensidão do mar.

Mais três dias se passaram, alguns barcos se lançaram ao mar. Iam percorrer o horizonte pra tentar encontrar o Valente, o barco verde de listra amarela, com a imagem de São Pedro no alto da cabine branquinha.

A Marinha mandou até helicóptero, e nada de o Valente encontrar, o cura rezou missa, Voinha fez promessa pra Iemanjá.

Voinho, desacorçoado, praguejava acusando o mar.

Cada dia que passava, levava um cadinho de esperança com ele, até não sobrar nada.

SONHOS, MEMÓRIAS E DIVAGAÇÕES

Das Dores se recusava a chorar, mas não se via desespero nela.

"Painho não quer voltar, é esse o desejo do mar", dizia ela.

Meus pais já tinham idade avançada, mas tirar Das Dores deles partiria seus corações. Eu já namorava Valéria, mas não tínhamos juntado casa. Das Dores necessitava de cuidados e, além dos velhos, eu era a família que ela ainda tinha.

As buscas foram canceladas. A comunidade decidiu fazer o enterro simbólico; as famílias doavam peças de roupas e objetos pessoais que eram colocados em urnas funerárias, o cura oficiava uma cerimônia com missa e sermão e, depois, em procissão, a colônia representada pelos pescadores e familiares seguia o féretro até o Campo Santo.

Maria recusou-se a ir à celebração, não iria chorar o pai, não até que o mar devolvesse o corpo.

A casa de meus pais, construída por Genésio, ficava em uma praia do rio, onde ficava um pequeno cais em que o barco ficava atracado quando regressava da pesca. Era uma residência pequena com apenas dois quartos, uma sala, um banheiro e uma varanda que ocupava toda a frente da casa.

A minha casa não era muito diferente, mas na minha rua havia uma casa de dois andares com quatro quartos, uma sala grande e dois banheiros. A cozinha era ampla e dava acesso ao quintal da casa. Dava ainda frente para a praia, a uns 800 m ao sul da barra do rio. Os donos eram dois idosos, ofereci a eles a minha casa e uma boa quantia que, depois de alguma barganha, foi aceita.

Movi então Das Dores e os velhos para a nova casa, convidei então Valéria a viver comigo, Maria precisava de uma mãe. O arranjo foi perfeito, Valéria já era apaixonada por Das Dores e esse amor só crescia. Essa então passou a ser a nossa família.

Algumas semanas depois, destroços de um barco foram encontrados em uma praia ao norte de onde vivíamos; entre eles, em uma ripa pintada de amarelo, podia-se ler a palavra "Valente".

Contei a Das Dores, ela me escutou em silêncio, me olhava nos olhos, mas não disse nenhuma palavra. Respeitei.

Nessa noite, Das Dores se abraçou a Valéria e chorou. Um choro silencioso, engolido e sentido.

Valéria apenas a abraçou e chorou também.

Nossa vida prosseguia, Das Dores já completava quatorze anos, foi quando Painho se foi. Foi em uma noite de abril de 2011, ele se deitou e não acordou. Silente, sem protestar ou resistir, se foi para sempre.

Essa perda impactou demasiadamente Mainha e no ano seguinte, no mês de janeiro, logo após o Natal, ela também se foi.

Agora, éramos só os três, Maria das Dores, Valéria e eu.

Valéria nunca engravidou, nunca soubemos se por uma falta minha ou dela, mas os laços com Das Dores eram cada vez mais fortes e enchiam as nossas vidas.

Eu já tinha outro barco, com tripulação de sete homens, porão para 2,5 toneladas de peixes. Um barco de fazer inveja.

Maria deu a ele o nome de "Intrépido", um nome que ela associava à coragem dos homens que se lançavam destemidamente ao mar.

Das Dores tornara-se uma mocinha linda, astuta e cobiçada pelos jovens de sua idade. Era também muito inteligente e instruída. Lia muito.

Um dia, no jantar, ela perguntou: "Tia Val", que era como ela chamava Valéria, "você conheceu minha mãe?".

Valéria respondeu que sim, que Maria Rita era uma moça linda e que ela e Genésio faziam um par invejado por todos, disse ainda que ela amava muito a filha, mesmo antes dela nascer e isso podia ser visto no carinho e esmero com que ela preparava o enxoval para receber a filha, contou que ela cantava e contava histórias para a bebê ainda no ventre.

Ela não perguntou, mas Valéria acrescentou: "Deus decidiu levá-la, para torná-la um anjo" e que lá do céu ela olhava pela filha.

Das Dores então completou: "E Deus decidiu também levar meu pai para que ela não se sentisse sozinha?".

Valéria não respondeu, apenas a abraçou enquanto afagava os seus cabelos e apenas sussurrou: "Nem sempre entendemos os planos de Deus, a nós cabe apenas aceitar e confiar".

"Mas, Tia Val, minha mãe sequer teve a oportunidade de me segurar em seus braços, eu sequer provei do seu leite e ela era tão jovem", completou Das Dores. "E Tio Tino", seguiu indagando, "ele não vai nunca ao mar?"

"Ele já foi", respondeu ela, "quando seu avô teve a primeira crise cardíaca, os médicos disseram a ele que se a crise se repetisse enquanto ele estivesse no mar, seria fatal. Então ele entregou o barco para os dois filhos e buscou uma ocupação em terra. Seu avô Demétrio sempre dominou a arte de fazer e reparar redes e foi a isso que ele passou a se dedicar, deixando a pesca para Genésio e Celestino, até que certo dia, enquanto lançavam a rede ao mar, o pé de Celestino se enroscou na malha da rede e foi puxado para o fundo junto com ela. Celestino não sabia nadar. Foram uns quatro ou cinco minutos que se passaram até que Genésio conseguisse achá-lo e cortar a rede para libertá-lo, Genésio levou Celestino à superfície e outros dois tripulantes ajudaram a içá-lo novamente ao barco. Celestino havia bebido muita água e tardou um pouco a retomar o ar, mas a experiência mostrou a Celestino que não era ali o seu lugar. Desde aí seu Tio Tino nunca mais voltou ao mar".

Das Dores, pensativa, fez uma última pergunta: "Tia Val, você acha que o mar levou meu pai pra se vingar por ele ter impedido que Tio Tino fosse levado e o tomou em seu lugar?".

Valéria respondeu com um breve silêncio, que quebrou dizendo: "Chega de conversa, Das Dores, termine o seu jantar".

Das Dores tinha um hábito, ela começava cada caderno com uma consideração escrita, assim, na primeira página, e Valéria, em um deles, encontrou algo assim: "Minha mãe, de você não guardei nada pra mim, de meu pai eu guardei um pouco, mas tão pouco que mal me lembro".

Valéria chorou, lembrou de Das Dores vasculhando o mar, percorrendo o horizonte incerto.

Das Dores, já com dezesseis anos, conheceu Beraldo, um menino lindo e inteligente, como ela, filho de uma mãe solteira, coisa incomum naquela época.

Dizem que o pai era um viajante, vendedor de tecidos, que por ali passou, se foi e não voltou mais.

Estudavam na mesma escola, faziam as classes juntos.

Em uma vila de pescadores todos se conheciam, a escola tinha poucos alunos, Dona Terezinha era a professora. Veio da capital, contratada pela fundação "Escola para todos", coisas comuns naqueles tempos.

Das Dores experimentou o amor naquele menino. Os dois tinham a mesma idade e, por razões diferentes, nenhum dos dois tinha pai.

A mãe de Beraldo era enfermeira no posto médico da cidade, pessoa apreciada pelos moradores da vila por sua presteza e atenção. Era como uma mãe que acolhia a todos que requeriam cuidados.

Tio Tino e Tia Val viam com bons olhos a relação, viviam a poucos metros um do outro e isso favorecia a iteração.

Beraldo era gentil e atencioso, queria ser professor. Das Dores queria ser médica, mas sabia que isso estava fora do seu alcance, então a enfermagem era a sua alternativa e ela via em Teresa, mãe de Beraldo, uma grande inspiração.

Alguns anos se passaram, Das Dores tornou-se enfermeira, passou a cuidar das dores alheias, e casou-se com Beraldo, nunca deixou de rastrear o mar, olhava o horizonte buscando um barco verde com uma listra amarela, onde estaria escrita a palavra "Valente".

Das Dores teve dois filhos, Maria Rita e Genésio, nenhum dos dois encantou--se do mar. Tio Tino e Tia Val deram a eles destino, Genésio nunca aprendeu a nadar. Maria Rita também se tornou enfermeira e hoje dirige o posto de saúde local.

E assim termina a nossa história, uma história de gente simples para quem a vida deu e tomou, onde o amor esteve presente, superando a dor.

41. MELLISSA, COM DOIS ELES E COM DOIS ESSES

Fábio era um menino, tipo nerd, muito inteligente para os seus treze anos.

Tinha paixão e era adicto da internet, principalmente jogos e aplicativos dos mais variados.

Um dia ele conheceu um site de relacionamento, um daqueles cheio de pessoas solitárias, onde passou a se arriscar trocando mensagens com as pessoas das mais diversas.

Quase sempre se via constrangido com o rumo de algumas conversas e encerrava os chats sem dar quaisquer explicações.

Fábio era um menino sensível, sempre usava as palavras certas, a sua juventude lhe dava uma aura de inocência e ingenuidade que cativava quem estivesse do outro lado do teclado. Palavras não têm rosto e vistas na tela de um computador dão asas à imaginação de quem está do outro lado.

Os sonhos se moldam quase sempre aos nossos desejos, àquilo que mais nos faz falta.

Fábio tinha um irmão, Fúlvio, um rapaz de vinte e seis anos, tímido e centrado em sua vida profissional. Fúlvio era um escritor e sua paixão eram os romances históricos e as biografias. Ele passava a maior parte do tempo pesquisando fatos históricos e a vida de seus biografados. Era um tempo que ele passava quase sempre sozinho, enfurnado no quarto que usava como escritório. Não era um quarto amplo, mas acomodava duas estantes repletas de livros, uma escrivaninha e uma pequena cômoda onde ele mantinha guardadas as suas roupas.

Fábio contou a Fúlvio de sua aventura nesse site de relacionamento e havia nele, em especial, uma moça, seu nome era Mellissa, assim mesmo, com dois eles e dois esses, Mellissa, que lhe parecia especial.

Ela tinha vinte e três anos, vivia com a mãe desde a morte do pai, o seu romantismo parecia, à primeira vista, exagerado, mas era da essência dela, ela não podia evitar. Sua conversa era sincera, desprovida de malícia, quase casual.

Fúlvio resistiu inicialmente, recriminou e aconselhou o irmão mais jovem, chegou até mesmo a proibir que ele continuasse com essa farsa, já que ele se apresentava como sendo quem não era de fato. Ele dizia a ela que tinha a idade e a profissão de Fúlvio e era o nome dele que ele usava nas trocas de mensagens.

Fúlvio teve a curiosidade de ler as mensagens trocadas e se encantou com as abordagens de Mellissa, a sensibilidade dela o encantou.

Ela falava dos livros que leu; Fernão Capelo Gaivota, romances de Sidnei Sheldon e outros escritores que sempre abordavam o lado romântico das relações. "E o vento levou" era o seu filme favorito, "Romeu e Julieta" sua peça favorita; ela a havia assistido em Nova York, dois anos antes.

Fazia teatro amador, mas trabalhava como professora de literatura e artes em escolas de segundo grau e na Universidade Rural de Seropédica, no curso de Belas Artes. Fazia ainda pequenas inserções com críticas a filmes e peças de teatro em jornais e revistas do bairro, aqueles promovidos por associações de bairro e entidades ligadas ao comércio e às indústrias locais.

Fúlvio afastou Fábio da rede social, mas ele mesmo apossou-se do perfil do irmão, que na verdade era dele próprio. Mellissa o atraía e ele queria saber por quê.

Assim, as trocas de mensagens prosseguiam, Mellissa, a princípio, estranhou um pouco, mas se ajustou e acomodou-se ao estilo mais maduro de Fúlvio.

Agora ele se apresentava como de fato era, e ela, cada vez mais interessada, abria pouco a pouco a sua intimidade, a sua própria história.

Fúlvio vivia em Copacabana, Mellissa em Seropédica, mas lecionava em algumas escolas da zona sul; Botafogo, Ipanema e Leblon.

Fúlvio relutava, mas na sua curiosidade, cada vez mais instigada, já sentia compulsão de marcar um encontro, de conhecer finalmente a única pessoa que o tirava de suas pesquisas e de suas histórias.

Certo dia, ao abrir o computador, Fúlvio se deparou com a seguinte mensagem: "Tinha muitas dúvidas, mas também acho que já é chegada a hora, estarei no local combinado, na hora marcada. Usarei um vestido amarelo, com motivos florais. Tenho os cabelos ruivos e costumo prendê-los em um rabo de cavalo. Estarei sentada em uma mesa mais discreta, você vai me reconhecer".

Fúlvio gelou, imediatamente chamou Fábio e o interpelou.

Fora ele, o danadinho, que vendo a indecisão do irmão provocara o encontro e agora cabia a Fúlvio apenas comparecer.

Fúlvio vestiu-se como sempre costumava se apresentar, uma calça jeans bastante nova, não daquelas desbotadas, rasgadas nos joelhos que os jovens costumam usar, uma camisa polo, de cor preta, com listras brancas na gola e nas mangas, um sapato mocassim, também preto, recém-engraxado, brilhoso.

Fúlvio não usava anéis, nem nenhum outro adereço. A sobriedade era a sua marca.

O local do encontro era um pequeno restaurante em Botafogo, quase um bistrô, cozinha mediterrânea; muitos artistas, entre eles escritores e críticos literários se encontravam ali.

Fúlvio chegou alguns minutos atrasado, o suficiente para se assegurar de que Mellissa já estivesse ali, e ela estava.

De longe ela já era uma visão, uma pintura de Monet; cabelos ruivos, presos em rabo de cavalo, vestindo um vestido amarelo, florido com imagens de bougainvilles e lírios-do-campo, lindo. Fúlvio congelou, parou por alguns instantes antes de dirigir-se à mesa.

Ela percebeu a sua aproximação, levantou-se e o esperou em pé a um lado da mesa.

Ela sorria, ele respondeu com um sorriso tímido, aproximou-se e estendeu a mão, ela rodeou a mesa e o abraçou, gentilmente.

"Você é exatamente como eu imaginava", disse ela.

Ele não respondeu, continuou olhando para ela e finalmente disse: "Você é a coisa mais linda, muito mais do que eu poderia esperar".

Ela sorriu e os dois sentaram-se.

A conversa foi amena, falaram de suas vidas, de seus sonhos, de seus desejos, e o tempo passou rapidamente.

Era tempo de terminar a noite, ela disse que precisava ir. Iria passar a noite na casa de uma amiga em Botafogo, uma outra professora de artes, como ela; Seropédica era muito distante para que ela para lá se dirigisse àquela hora.

Ele se ofereceu para acompanhá-la, ela concordou.

Eram poucas quadras e os dois caminharam lado a lado; ele fazia questão de mantê-la no lado protegido da calçada, ele caminhava pelo lado da rua, por onde passavam os carros.

Esse foi o primeiro encontro, passaram a se falar pelo celular.

Outros encontros vieram, mas o primeiro beijo foi no cinema, o filme era "Cartas para Julieta", dirigido por Gary Winick, que contava uma história de reencontro inspirada por uma carta encontrada por uma jovem aspirante a escritora que toma para si a missão de reunir dois personagens ligados àquela carta. Ela, no cumprimento dessa missão, também acaba por descobrir um novo amor que daria a ela o valor ignorado por um noivo desatencioso.

Os dois saíram de mãos dadas e caminharam por um longo tempo.

Fúlvio estava apaixonado e Mellissa parecia também estar.

Fábio seguia com curiosidade a estória dos dois.

Torcia muito pelo irmão e se regozijava de haver encontrado a cara-metade que se encaixava perfeitamente com ele.

Os encontros foram se tornando uma rotina, de eventuais passaram a semanais e depois os contatos passaram a ser diários; mensagens, contatos pelo celular, que chegavam a ocorrer mais de uma vez ao dia, os dois passaram a agir e tomar decisões sempre com o conhecimento e muitas vezes com o consentimento e cumplicidade um do outro.

Ela passou a frequentar a casa de Fúlvio, corrigia provas e escrevia suas críticas teatrais e comentários sobre os filmes mais recentes em cartaz nos cinemas locais.

Fúlvio permitia que Mellissa fosse sempre a primeira a ter acesso aos seus escritos, ela se encantava mais pelos seus romances que por suas biografias, muitas vezes áridas e pouco interessantes.

Ela não podia agregar muito, mas ainda assim a sua opinião era apreciada por Fúlvio. Ele via nela a mesma opinião sincera que esperava ouvir da média de seu público.

E assim a vida prosseguia, eles se tornavam personagens imprescindíveis um para o outro, os encontros se davam sempre na casa de Fúlvio, raras vezes na casa de Mellissa, para não incomodar a mãe desta, pois a pequena casa dispunha de apenas um quarto que as duas dividiam, já que o outro quarto, para ajudar no orçamento, era alugado para duas estudantes da universidade de Seropédica, que além do curso de agronomia, entre outros, oferecia formação em arquitetura e belas artes, e era onde Mellissa dava suas aulas.

Quando não estavam juntos, estavam permanentemente conectados pelo celular, assim faziam compras juntos nos supermercados, atualizavam um ao outro sobre o trânsito em diferentes partes da cidade, sobre o tempo, coisas peculiares que ocorriam durante as aulas que ela dava, e ele ia, passo a passo, atualizando-a sobre os avanços de suas pesquisas e os rumos que seus romances iam tomando.

Certo dia, quando Mellissa retornava da universidade, ainda no ônibus, seu celular tocou. Era Fábio. Estava nervoso e gaguejava muito: "Mellissa, Mellissa, algo terrível acaba de acontecer. Fúlvio foi baleado. Aconteceu um tiroteio no ônibus em que ele estava. Foi um assalto, mas no ônibus havia dois PMs à paisana que sacaram suas armas e atiraram nos dois bandidos que já iniciavam o recolhimento de dinheiro e joias dos passageiros. Os bandidos revidaram, foram mortos ali mesmo no ônibus, mas Fúlvio foi baleado no rosto e está internado em estado grave no Hospital Getúlio Vargas, para onde ele foi levado. Estamos nos dirigindo para lá para acompanhar o seu atendimento".

Mellissa entrou em pânico, não sabia como reagir. Desceu do ônibus, tomou um táxi e dirigiu-se para o hospital.

Lá chegando encontrou uma grande confusão, muitos feridos em acidentes ou tiroteios eram conduzidos ali para atendimento. Ela tardou quase uma hora para saber do paradeiro da família de Fúlvio e teve muitas dificuldades para saber notícias dele.

Por fim, em um corredor lotado de gente, ela encontrou Irene, a mãe de Fúlvio, e Fábio, o seu irmão. Ambos estavam em prantos, a notícia não era boa. Fúlvio estava sob coma induzido, pois havia perdido massa encefálica.

Eles passaram a noite ali. As notícias eram parcas e pouco esclarecedoras, até que uma das enfermeiras chegou no corredor onde eles estavam, procurando pelos responsáveis do paciente Fúlvio Bernardes de Antero, era esse o nome dele.

Irene se apresentou retomando um choro compulsivo, os olhos da enfermeira já lhe haviam revelado a má notícia. Fúlvio faleceu às 3h35 daquela madrugada em consequência de uma parada cardiorrespiratória, da qual os médicos não conseguiram reanimá-lo.

E foi assim que aquele amor, resultado de um encontro fortuito, teve o seu fim.

Muitos dias se passaram e Mellissa não conseguia se conformar, ela visitava Irene e Fábio com alguma frequência em busca de uma solidariedade que só quem padece do mesmo sofrimento é capaz de oferecer.

Irene permitia que ela passasse longos momentos no quarto que era de Fúlvio. Ali ela lia os seus textos, muitos inacabados e se aventurava por suas pesquisas.

O computador seguia ali, ligado, com a janela que continha o chat ainda aberta, onde a última conversa dos dois ainda estava registrada:

"Oiê! Acabo de chegar da universidade, vou tomar um banho e retorno, pois tenho muitas coisas para te contar."

"Está certo, amor, consegui informações importantes sobre o meu último biografado, você vai se surpreender. Vai lá, tome um banho bem gostoso que te espero por aqui."

Ele escrevia a biografia de um ex-governador paulista, cuja vida era permeada de falcatruas e desonestidades e cada fato novo era não só surpreendente, mas também revelador.

Mellissa passou a frequentar a casa de Irene com frequência, elas encontravam algum tipo de conforto uma na outra. Fábio também sentia um certo conforto quando ela estava por ali. Ela muitas vezes passava a noite no quarto de Fúlvio e foi em uma dessas noites, no meio da madrugada, que ela foi despertada pela tela do computador, que se acendeu, meio que assim do nada. Ela pensou: "Quem estaria mandando mensagem a esta hora da noite?".

Ela se levantou e foi olhar a tela do computador e para seu espanto estava escrito:

"Oi, Mellissa, você pode ler as mensagens que estou te enviando?"

E essa frase se repetia dezenas de vezes na tela do computador, sempre espaçada de alguns minutos, mas já enchia a tela e ela pôde notar que em nenhum momento o autor se identificava, mas eram certamente dirigidas a ela, Mellissa, com dois eles e dois esses.

Mellissa ficou confusa, mas ainda assim respondeu:

"Sim, eu as vejo aqui na tela do computador, mas quem é que está por trás destas mensagens?"

O computador deu sinais de que alguém estava teclando do outro lado, ela esperou e de repente chegou a mensagem:

"Sou eu, Fúlvio, não sei bem há quanto tempo, mas já há dias que tento estabelecer contato com você."

"Onde você está? Como isto é possível?", perguntou ela.

"Só tenho acesso a este computador durante a noite, quando ninguém mais está aqui. É uma sorte que o deixam desbloqueado."

Mellissa se sentiu ainda mais confusa; quem seria capaz de uma brincadeira dessas?, pensava ela.

Então ela escreveu:

"Você é uma pessoa cruel, como pode fazer uma brincadeira como esta, ainda mais no meio da madrugada, você não respeita os sentimentos alheios?"

A resposta veio em seguida:

"Sou eu mesmo, pode acreditar. Não sei bem como explicar, mas quando me dei por mim eu já estava neste lugar. Tardei muito a entender o que havia se passado. Não posso sair daqui, tem algo que me impede que saia deste campo onde há muita gente como eu. Mas, nas minhas perambulações por aqui, encontrei este computador em uma das salas do escritório. Foi difícil interagir, mas por fim encontrei uma forma de manipular o teclado e me comunicar com meu computador. Não era você que eu esperava encontrar, era Fábio que eu acreditava poder contatar, já que sempre era ele que se utilizava deste computador quando eu não estava. Foi uma sorte ter sido você."

Mellissa não podia acreditar naquilo, mas algo a empurrava para manter aquela conversa. Ela questionou outras coisas e havia sempre muita coerência nas respostas vindas do outro lado. Seria de fato Fúlvio, pensava ela.

Pouco antes do dia amanhecer, ele se despediu prometendo voltar na noite seguinte.

Mellissa não sabia se contava ou não a Irene e Fábio, será que eles dariam algum crédito a ela? Ela preferiu não dizer nada, pelo menos por enquanto.

Na noite seguinte ela não pôde dormir e, por volta das 2h, a tela do computador voltou a acender e a mensagem era a seguinte:

"Ufa! Hoje foi mais difícil, as pessoas trabalharam até mais tarde por aqui. Preparavam uma série de covas, parece que esperam muita gente amanhã. Algum acidente com vários envolvidos, com certeza. Mas, me diga, como vocês estão, minha mãe e Fábio, eles estão por aí?"

Mellissa respondeu que ainda estava ocultando essa estranha troca de mensagens, pois seu caráter era inusitado e muito difícil de se acreditar. Fúlvio então ralhou com ela dizendo:

"Mellissa, não sei quando nem por quê, mas meu tempo por aqui é com certeza limitado. Assim como aconteceu a outros, uma hora virão me buscar e há tanto que eu gostaria de dizer a cada um de vocês, coisas que eu guardei e que ecoam na minha mente."

Conversaram sobre muita coisa durante o resto daquela noite e se despediram antes de o sol nascer, como acontecera na noite anterior. Ele havia perguntado a ela se tinha ideia de quando iria partir, mas ele não sabia ao certo. Algumas pessoas permaneciam ali por algumas semanas, outras por apenas alguns dias, principalmente as crianças; estas eram as que eram movidas dali mais prontamente que os adultos. Deveria haver alguma razão para ser assim.

Ele se queixou ainda de que não podia estabelecer contato com outros como ele, muitos eram naturalmente assustados e se afastavam quando ele tentava se aproximar.

Muitos vagavam a esmo pelo Campo Santo (esse era o nome do lugar, Campo Santo, ou Cemitério de São João Batista). Já não havia tantas almas no lugar, o cemitério era muito antigo, apesar de chegar gente diariamente para ocupar ali uma última morada.

Na noite seguinte, quase no mesmo horário, Mellissa já esperava diante do computador quando a mensagem chegou:

"Oi, amor, a movimentação foi grande por aqui durante o dia todo. Parece que foi um acidente de ônibus onde muitos se feriram e pelo menos onze pessoas perderam a vida. Posso vê-los confusos perambulando pelas ruas e alamedas que cruzam o Campo Santo, parecem não saber o que sucedeu a eles. Há quatro crianças entre eles, elas tentam se comunicar, mas choram confusas buscando por seus entes queridos. Mas vamos então ao que eu quero que você ouça e, por favor, ouça com muita atenção. Diga à minha mãe e ao meu irmão que eu os amo muito. Eu nunca te contei, mas foi através de uma brincadeira de Fábio que eu vim a te conhecer, ele pode depois te contar essa história em detalhes. Sei da situação difícil de minha mãe para sustentar a casa, principalmente agora que não estou mais por aí. Terminei a biografia do ex-governador, preciso que você a encaminhe para a editora que me contratou, o endereço está na agenda da sala, o nome é Editora Liceu Salesiano, o editor se chama Dilbério Reis. Tenho uma boa parte da remuneração ainda por receber e esse dinheiro vai ser de grande ajuda. Você encontrará o contrato na última gaveta da minha cômoda. Lá, há ainda uma caixa, um pequeno cofre com dinheiro em espécie, não é muito, mas trará bastante alívio. O segredo é 1847, ano da vitória americana na batalha de Chapultepec.

Não guardo rancor de nenhum dos responsáveis pela minha partida, sinto mais pena. Há gente como eles também por aqui, eles nunca são recrutados por aqueles que dão novos destinos às almas aqui recolhidas. Parece que vão cumprir uma longa sentença vagando confusos e arrependidos por aqui.

Ainda guardo comigo um grande amor por você e muitas lembranças, lembranças boas, é claro. Acho que à nossa maneira fomos felizes enquanto estivemos juntos.

Quero que você toque a sua vida, que seja feliz e encontre alguém que mereça o seu amor, não se apegue a lembranças minhas, nem sofra com a minha ausência."

Mellissa tentou interrompê-lo, mas ele de lá prosseguiu teclando.

"Não sei quanto tempo ainda estarei por aqui e não sei para onde vou quando chegar a hora. Até lá vou te escrever todas as noites. Não passe suas noites acordada, você poderá responder às minhas mensagens durante o dia, eu as lerei na noite seguinte. E eu te prometo, amor, de lá, seja onde eu estiver, se houver alguma maneira eu contatarei você."

Mellissa e Fúlvio continuaram por algum tempo se comunicando, até que um dia o computador não acendeu mais na madrugada e, a partir daí, a vida de Mellissa foi retomando a normalidade.

Ela nunca contou o seu segredo para Irene e nem para Fábio, dizia a eles que ele a visitava em sonhos e que muitas das coisas que Fúlvio havia contado a ela eram mera especulação mental durante os sonhos.

Mellissa conheceu um outro rapaz e teve com ele um menino, deu a ele o nome de Fúlvio. O relacionamento não durou muito, mas ela já vivia na casa que era de sua mãe, que havia falecido dois anos antes. Certo dia, o garoto já havia completado quatro anos, ela acordou de madrugada e percebeu que Fúlvio estava acordado, eles dormiam no mesmo quarto, pois o outro seguia alugado para estudantes. Ela então foi ter com ele e perguntou o que o havia despertado. O garoto então respondeu:

"Mamãe, é a tela do seu computador, ela fica acendendo e apagando, foi essa luz que me despertou."

Na tela do computador, ao abrir a mensagem, ela leu:

"Olá! Eu disse que se houvesse uma forma eu me comunicaria com você. Pois bem, aqui estou, como anda a sua vida, meu amor?"

42. TEMPUS FUGIT

E essas coisas doidas da vida?

Eu confesso, eu queria estar em um lugar onde, eu hoje sei, já não posso estar mais.

Não é pelo lugar, já que ele é próximo e acessível. É pelo tempo, um tempo que está no passado. Passado que eu já não visito mais, ainda que eu o quisesse.

O tempo é traiçoeiro, ele muda a cada segundo, em um momento estamos lá, em outro já não estamos mais.

O lugar não; ele está sempre lá. Não se importa com o tempo, nem com quem por ali está.

O tempo segue e nos carrega com ele, fugidio, inalcançável e irrecuperável. Um lugar, com o passar do tempo, nunca mais é o mesmo e ao mesmo tempo é.

Dá para entender?

Eu volto aos lugares do meu passado, eles todos continuam lá, eu os reconheço e eles me acolhem, mas já não são mais os mesmos, outras vidas se passam lá.

Eu vago solitário, saudoso, conheço os caminhos, pois já estive lá.

Tantas vezes eu lá estive; ora solitário, sem muito esperar, ora desejoso, buscando alguém com quem caminhar.

Um dia, você esteve lá. Trocamos olhares, juntamos nosso caminhar; falamos da vida, dos nossos desejos, dos nossos vazios e do que tínhamos e estávamos dispostos a dar.

Suas faltas e as minhas pareciam se completar, nós nos aceitamos sem questionar.

Uma conveniência fortuita ocorreu naquele lugar; no tempo certo, havia uma sinceridade peculiar, mas aí veio o tempo, ou melhor, ele se foi, simplesmente passou.

Ah! O tempo, carrega tudo com ele, e de tudo que passou, restam apenas lembranças.

Espaços esvaziados, separando aqueles que juntos um dia estiveram lá.

Esvazia tudo, sem modificar o lugar.

Aqui estou eu, mais uma vez na praça que eu costumava visitar.

Me sento solitário, naquele mesmo lugar onde você se sentou comigo, mas onde você já não está.

43. DESABAFO

E certo dia ele criou coragem. Esperou que ela terminasse o seu café e assim, de supetão, disse a ela:

"Está difícil, mas enfim eu estou te tirando da minha vida.

Uma vida que você frequentou, convidada de honra, acesso todo liberado.

Quanto você caminhou por minha vida? Tudo que eu te permiti.

Deixei crescer uma dependência da qual você só tirou proveito.

Você exerceu o seu domínio, nunca para me fazer feliz, mas para me fazer cativo, um objeto à sua mão, ao seu dispor.

Tanto eu sofri, tanto eu tentei te fazer saber.

Derramei lágrimas que você nunca demonstrou notar.

Às vezes que eu quis te explicar e você me olhava frio, desinteressada.

Tanto carinho eu te dei, muito mais ainda tinha para te dar, mas você nada tinha para retribuir, e eu me calava, me conformava com uma presença que era muito mais uma ausência que eu tinha que suportar.

Fui definhando, pouco a pouco me tornava quase nada.

Nossa cama, fria, um deserto com dois corpos incapazes de se comunicar.

Hoje, acordei mais uma vez sozinho, e farto. Farto da sua frieza, farto da sua ausência, farto, farto, farto.

Não vou me despedir, apenas desapareça. Desocupe a minha vida, quero voltar a respirar.

Não vou guardar mágoas, mágoas só vão me fazer lembrar.

Com você morrerá uma parte de minha vida, da qual não vou querer me lembrar.

Não te desejo mal, nem bem tampouco, para você nada tenho a desejar.

Descanse em paz e me deixe também em paz."

Ela serviu-se de mais um pouco de café, tomou apressadamente, agarrou a sua bolsa e se foi, nunca mais voltou. Sequer olhou para trás.

Desta vez ele não chorou, fechou a porta que ela deixou aberta. Esboçou um pequeno sorriso e por fim gargalhou.

44. BÊNÇÃO

Quando eu me for, eu te deixarei a minha bênção.

Confesso, não sei se vale muito ou pouco, mas ainda assim é o que eu tenho para deixar.

Sempre tive muito pouco, mas o pouco que eu tive, porque muito pouco eu sempre fui, é tudo que sempre tive, e o que tenho para deixar.

É tudo seu, se você quiser, mas se você não quiser, não saberei para quem deixar.

Meu bem querer foi você, sempre, mesmo quando você ainda não sabia. Eu te via de longe, sempre linda, me encantava com o seu caminhar.

As pessoas paravam, usavam seu tempo para te olhar, e você seguia, altiva, parecia não se importar.

E eu te amei, te amei tanto sem você desconfiar.

Tantas vezes você passou por mim, sem sequer jamais me olhar.

Eu te seguia, te perseguia com meu olhar.

E isso era tudo que de você eu tinha, e eu guardava, você não sabia, mas era com um tanto de você que eu me preenchia. Os meus sonhos, meus desejos, sua imagem, lá de longe.

O olhar que me encantava, um sorriso que me emocionava, sua presença que me inspirava, e é a sua lembrança que, ainda hoje, me sustenta.

Você foi a coisa boa que me ocorreu, a melhor delas, e é por isso que eu te abençoo. Por ter passado por minha vida, pelos olhares e sorrisos que você distribuía, por inspirar meus sonhos, que eu nunca realizei, é fato. Mas sonhar, sonhar com você, deu alento à minha insípida vida. Eu vivi para te observar, para te desejar e sonhar com você.

Deus te abençoe por isso!

45. SAUDADES

E o que acontece quando a nossa vida passa a ser só saudade?

Quando as lembranças dominam a nossa vida e fazem com que passemos a depender delas.

A mãe, o pai, a professorinha da escola, a pracinha da vila, o quiabo com angu da minha vó, minha vó, meu avô…

Tanta coisa, tudo que o tempo levou.

O futuro já não te atrai, ele apenas te dá mais tempo para sentir saudades.

No meu tempo, o preferido, havia uma praça, que tinha uma igreja e uma fonte luminosa, que nunca funcionava e nem era luminosa. Mas era a fonte onde um dia joguei moedas. Alguns centavos, era tudo que eu juntava, eu pedia de um tudo; saúde para minha mãezinha, carne magra para feijoada, que painho fizesse fortuna, que saísse da lida na roça; isso estava acabando com ele, e Rosinha, que ela me desse mirada.

Rosinha, tão linda, tão delicada. Todo sábado rodava na praça, ela e a mãe, circulando de mãos dadas.

Eu olhava, gostava e me admirava: coisa tão linda, um anjo permitido por Deus, ali na minha frente, a cada volta que eu dava na praça.

Eu me lembro até hoje, a praça, a igrejinha, a fonte e Rosinha.

Depois a escola secundária; os amigos, o futebol, os sonhos que a vida juntava e me mostrava.

Piloto de avião, me encantava constatar que aquela coisa voava.

Tantos sonhos, muitos tão distantes, mas sonhos são para ser sonhados, e eu sonhava muito.

Aí conheci Maria. Ah, Maria!

Foi em um dia de chuva, ficamos presos na padaria. Puxei conversa, ela me olhava e sorria. Um sorriso lindo, sincero, me apaixonei, e ela só disse uma ou duas palavras.

Sempre foi de falar pouco; o justo, o suficiente, mas era certeira, nunca tive melhor conselheira.

Mas também ela o tempo me tomou. Me deixou João, Venâncio e Mariana.

Eles tinham rumo próprio, e o tomaram.

João foi morar na Bahia, Venâncio foi para o exterior, foi morar nos "esteites", Mariana foi para terras gaúchas, tem uma finca por lá.

Meus netos? São vários. Nenhum eu vi nascer, nenhum ainda veio me visitar.

Um deles tem o meu nome, Fernando; foi de João essa deferência.

Fotos? Tenho muitas, me chegaram pelo correio.

Fernando, Luciana, Cleisiane (isso lá é nome?) e Manoel, nome do pai do meu pai. Não estou seguro se foi uma homenagem.

Mas ainda assim sinto saudades.

A faculdade, Maria me acompanhou, virei doutor, doutor veterinário.

Tantos amores ganhei, a maioria caninos e felinos. De alguns nunca me esqueci. Maria era a mãe de todos, voluntariamente os adotava e eles a ela. Thor, Beethoven, Lua, Algodão, o gatinho amarelo, e tantos outros.

Havia ainda os passarinhos. Eu botava alpiste no pratinho, água adocicada no vidrinho e eles vinham para bicar a flor de plástico, sorviam o néctar através dela.

Tinha uma árvore na frente da casa e outras tantas no quintal, no fundo dela. Mangueiras e amendoeiras, um pé de jambo; eta fruta perfumada!

Fomos felizes por muito tempo, mas foi esse mesmo tempo que nos traiu.

Fomos perdendo de um a um, cada qual em um tempo certo, até que não sobrou nenhum, até Maria se foi.

Então sobrei sozinho, eu e minhas lembranças que eu mantive guardadas.

O futuro, sempre igual e previsível. Uma festa de aniversário, um Natal em família. Sempre na minha casa.

Venâncio nunca veio, mas fazia uma chamada, pela tela do celular, um pouco antes da meia-noite. Já faz oito anos que não o vejo.

Não era assim enquanto Maria ainda estava por aqui.

Mas agora é. Agora é.

Então, o que me resta é lembrar, e eu me lembro, o tempo todo, isso me dá prazer.

Esse tempo, de sentir saudades, é tudo que me restou.

Sigo aqui, saudoso, o futuro pouco me interessa, tiro proveito dele, preencho ele de passado.

Sou grato a Deus por tudo isso, esse tudo que me sobrou.

Marcas do quanto eu fui feliz, e do quanto ainda sou, só por ainda poder lembrar.

46. SOLIDÃO

Me perdoem pelo que eu não sei, mas me perdoem também pelo que eu não me lembro.

Nesta vida, tenho andado por aí, mas sempre fui desatento, muita coisa passou e eu não percebi, então nada aprendi.

Como se não bastasse, minha memória é fraca, às vezes eu esqueço e outras eu confundo. Acho que dá no mesmo; não lembrar, confundir...

Esta semana aprendi a palavra "indexar". É quando você associa os fatos com o tempo, com as pessoas e com o lugar em que eles ocorreram. Você indexa datas e fatos, pessoas e lugares.

Os fatos te lembram datas e datas te recordam de fatos, fatos ocorridos com pessoas em algum lugar.

Eu não sou assim, sou incapaz de indexar.

Me lembro de coisas, mas não me lembro de quando, às vezes também não me lembro de onde. Com quem, é sempre uma dúvida.

Não é a velhice. Sou jovem ainda.

Tenho 67 anos. Vocês acham que é muito?

Vivo sozinho, acho que é por isso; saber pouco, lembrar ainda menos.

Uma vez fui casado, disso me lembro bem, durou pouco, uns dois ou três anos eu acho.

Acho que tive um filho, acho que dei meu nome a ele, mas faz tanto tempo, às vezes duvido.

Se o tive, ele nunca veio me ver. Se não o tive, isso explica tudo.

Meu nome é Deosdécio e, se tive um filho, ele deve me odiar por isso.

Tenho poucos bens, não sou um parente atrativo. Sabem, às vezes eu sonho, mas, meu Deus, eu queria tanto me lembrar.

Acho que nasci em Minas, mas só lembro de mim em São Paulo, então posso ser também paulista.

Não tenho pai, não tenho mãe, nem irmãos, mas mãe tenho certeza de que um dia eu tive. Todo mundo tem mãe!

Já não tenho trabalho, mas um dia tive. Trabalhei nos Correios, eu separava as encomendas, separava as caixinhas e os envelopes.

Primeiro por estados, depois por regiões onde as cidades ficavam.

Eu pesava todas elas e classificava pelo volume.

Parece coisa simples, mas para mim não era. Eu punha toda a atenção que eu tinha na tarefa.

Nunca bebi, nunca fumei, mas acho que namorei, pois me lembro que um dia me casei. Mas já contei isso a vocês.

Na minha cozinha, tenho uma geladeira. Colado nela, pregado por um destes ímãs de propaganda, deixei um bilhete.

Nele está o endereço do campo santo onde comprei morada, por acaso, uma simples cova rasa.

Também tem um cheque assinado com uma quantia capaz de arcar com os custos do funeral.

Não quero nada de luxo, qualquer coisa simples vai servir.

Não precisa velório, mas se tiver um padre para encomendar a alma vou ficar feliz. Morto pode ficar feliz?

Não importa.

De herança deixo uma conta, tenho lá o que pude juntar. É pouco, mas pode servir quem estiver precisado.

Eu sei, eu sei; eu sou um homem confuso e esquecido. Me perdoem o incômodo.

Quero morrer na rua, porque se eu morrer em casa, ninguém vai me achar, ninguém vem me visitar.

Eu contei para vocês, acho que tive um filho, Deosdécio, mas ele nunca veio me visitar, e se ele não veio, acho que ninguém mais virá.

Já não me lembro por que conto tudo isso, mas me digam vocês, isso realmente importa?

47. MATÊ

Na minha cidade tinha uma rua, nunca tinha passado nela. Era uma rua curta, plana, poucas casas havia nela.

Casas pequenas, coloridas, com alpendres simpáticos e convidativos e janelas com vasinhos floridos e bem cuidados ornando os parapeitos. Flores multicoloridas, variadas; Onze-Horas, Violetas, Begônias e Crisântemos, Azáleas e Gérberas.

Com o tempo, fui me acostumando a passar por lá.

Uma ou outra vez, alguém saía na janela, ou se sentava no alpendre, para observar quem por lá passava.

Senhorinhas, senhorzinhos, outras vezes a moça da limpeza.

Mas teve uma vez, um dia em que eu caminhava apressado, cruzava a rua em passo acelerado e de repente uma menina apareceu na janela da casa de cor azul, que eu já conhecia bem. Ela era linda, muito jovem, um olhar expressivo, mas ao mesmo tempo gracioso, usava tranças nos cabelos que desciam negros pelos ombros.

Ela olhou pra mim e notei que ela sorria, pegou o vaso florido e usando um aspersor passou a molhar as flores que havia nele, era um dia muito quente.

Diminuí o passo para observá-la, ela de novo sorriu para mim, sorri de volta e dei um tchau pra ela, acenando timidamente a minha mão direita, ela acenou de volta.

A partir daí, passamos a nos encontrar mais amiúde, a rotina era a mesma, uma troca de sorrisos e um aceno com as mãos.

Nunca nos falamos, não achava apropriado, mas ela passou a ser uma alegria que de graça a vida me proporcionava.

Mesmo nos dias de chuva, quando eu encontrava a janela fechada, eu tinha a impressão de que por trás da veneziana ela me observava.

Eu passava por ali sempre por volta das nove horas, no meu caminho para o fórum, onde há muitos anos eu trabalhava.

Por alguma razão, houve um domingo em que eu decidi ir à igreja que eu irregularmente frequentava.

E lá, uma surpresa; na fila da comunhão, segurando a mão de uma senhora, estava ela.

Ela não comungou, então pensei: ela ainda não fez a primeira comunhão, mas o padre a benzeu com água abençoada.

Ela vestia um vestido branco, de tecido rendado, usava um véu, também rendado, cobrindo a cabeça, parecia uma santinha. Ela não me viu, mas mantive nela a minha mirada.

Não sabia o que me ligava àquela menina.

A senhora devia ser a mãe, tratava a menina com um carinho e um cuidado que impressionava, dava gosto de ver.

Tudo me encantava naquela menina; o sorriso, o olhar e a gentileza com que ela tratava as flores, o jeito de acenar pra mim.

Certo dia, ao passar pela rua, ela não estava lá, a janela estava fechada, não havia nenhum vaso lá.

Segui meu caminho intrigado, aquilo me incomodou pelo resto do dia.

Nos dias que se seguiram ela também não estava lá, isso passou a me perturbar tão fortemente que uma manhã, não me aguentei, me aproximei da porta e apertei a campainha.

Uma senhora idosa atendeu à porta, não era a mesma que vi na igreja. Ela me atendeu com espanto, mas foi gentil, me perguntou como poderia ajudar.

Contei a ela da minha agonia, queria notícia daquela menina que eu me acostumara a encontrar, todas as manhãs, a caminho do trabalho.

A senhora, com uma tristeza evidente, me contou: "Ah, moço, ela precisou ser internada, já está no hospital há alguns dias, a mãe está lá com ela. São os rins, moço, estão querendo parar, tão menina, tão frágil, não pode ser coisa de Deus, Deus não permitiria uma coisa destas".

Lá eu soube que o nome dela era Tereza, Maria Tereza, mas todos a chamavam de Matê.

Fui ao hospital saber dela, não quis ser enxerido, mas inicialmente me trataram como se eu fosse.

Não foi fácil explicar meu interesse.

Mas, por sorte, encontrei Alzira, uma enfermeira amiga e vizinha de minha mãe.

Expliquei a ela a razão do meu interesse, ela me ouviu e ficou de se informar e depois me contar.

As notícias não eram boas, um rim já parara de funcionar e o outro podia parar a qualquer momento.

Ela estava perdendo o frescor da pele, tinha náuseas frequentes, se cansava muito facilmente, seu coração já parecia afetado. Isso tudo aos doze anos de idade, uma crueldade imperdoável.

A mãe parecia inconsolável, evitava chorar na frente dela, mas sua tristeza era evidente demais. Tudo isso Alzira me contava.

Sem saber bem por quê, passei a ir ao hospital com uma frequência notável, as enfermeiras já estavam acostumadas às minhas visitas e me davam notícias mesmo antes de eu perguntar.

Um dia perguntei à Alzira quem era o médico que a tratava.

Era Dr. Gilberto, me contou ela, um nefrologista conhecido e renomado, ele vinha da capital e dava atendimento na cidade apenas uma vez a cada quinze dias.

Não foi fácil me encontrar com ele. Mas eu precisava saber mais sobre a saúde dela.

Agendei uma consulta, cheguei cedo para ser atendido, esperei por pouco mais de duas horas. Na fila a maioria era de pessoas idosas.

Quando entrei no consultório, ele olhou para mim e foi logo me dizendo: "Você me parece saudável, o que o traz aqui?".

Contei a ele o motivo da minha aflição, ele ficou impaciente, havia muita gente lá fora.

Então ele me disse, estou hospedado no hotel da cidade, me procure lá à noite, tomamos uma cerveja e falamos sobre ela.

Cheguei ao hotel pouco depois das 20h, ele já estava no bar. Me sentei ao lado dele, mas antes de me falar sobre ela ele quis saber a razão do meu interesse. Contei a ele da nossa rotina, do quão feliz eu ficava com o sorriso dela, ele então me descreveu a situação dela.

Já tinha um rim arruinado, sem qualquer funcionalidade, e o outro poderia falhar a qualquer momento, ela teria que viver dependente de aparelhos de hemodiálise pelo restante da vida e, por ser tão frágil, esse seria um destino doloroso e cruel.

Perguntei então o que poderia ser feito e ele me revelou que buscava um doador compatível para um transplante que salvaria a vida dela.

Me falou das dificuldades, pois seu tipo sanguíneo era raro. Ela tinha o "sangue dourado", um tipo sanguíneo de Rh nulo, e que só era compatível com o mesmo tipo de sangue, e esse era o grande entrave; encontrar um doador compatível e disposto a doar o órgão para a realização do transplante.

Essa revelação me estremeceu, era esse exatamente o meu tipo sanguíneo, o sangue dourado, de Rh nulo.

Passei a acreditar que seria essa a razão da nossa ligação, essa compatibilidade sanguínea rara, como se nós dois soubéssemos.

Então eu disse ao médico: "Doutor, será que eu posso ser o doador?".

Ele pareceu espantado com a coincidência e mais ainda com a minha disposição. Ele então se sentiu obrigado a me alertar: assim como está sendo difícil no caso dela, se por algum infortúnio você precisar de um rim, será muito difícil encontrar.

Então eu disse a ele que tomaria o risco, que o que importava era dar a Matê uma chance, eu precisava retribuir aquele sorriso.

E assim procedemos, duas semanas depois, com muitos testes feitos, o transplante foi executado e por graça divina e pela competência do doutor, tudo correu bem, Matê se recuperou logo, sua aparência, que eu tanto admirava, retomava o aspecto saudável da menina que eu me acostumara a ver naquela janela.

Eu continuo passando pela rua, todos os dias, hoje com a liberdade de poder visitá-la, ela continua sorrindo para mim, mas quando há a chance, ela me beija no rosto e me dá um abraço fraterno.

Ela me chama de "o tio de sangue dourado", eu a chamo de "meu sorrisinho feliz".

E a rua continua alegre, com os vasos floridos na janela, e um sorriso especial que Deus colocou na minha vida.

Havia um propósito e ele foi cumprido. Ela precisava do meu rim e eu do sorriso dela.

48. LITERATURA BRASILEIRA

Eu gosto da risada de Ariano. Sim, o Suassuna, com dois esses, como ele e o pai dele desejavam.

Suas histórias, não só as que ele contava, mas também as que ele escrevia, sempre me encantaram.

O mundo de Ariano era imenso, e cabia todo em Taperoá da Paraíba, cidade de 14 mil habitantes, mas já com 134 anos de vida.

Lá viviam seus personagens; João Grilo e Chicó, o Cristo negro, o Capeta matreiro, metido a esperto, a mãe do divino, atenta, pronta para se apresentar, interceder e fazer do demo um tonto, um bobo para se vexar.

O Nordeste falado e contado para todos nós, essa era a missão de Ariano, e ele a cumpriu.

Manoel de Barros, o poeta das singelezas, daquilo que era simples e "avoadiço", ou desimportante; o voo da borboleta, a esperteza das águas se esquivando das pedras, o poeta que não via a cor, mas sentia o cheiro dela, o poeta do inusitado, do imponderável e do normalmente desconsiderado.

Os poetas do cordel; Leandro Gomes, Bráulio Bessa, a Patativa do Assaré, Cego Aderaldo e Zé da Luz. Entre tantos, mas todos eles criativos, precisos, trazendo ao mundo uma realidade que de fato representa o Brasil, de forma poeticamente rimada.

Guimarães Rosa, o inventor de palavras, com histórias regionalistas, um arauto do sertão e do sertanejo.

Olavo Bilac, ao contrário, um cultuador da língua portuguesa, preciso, de palavras raras, de rimas ricas, disciplinado nas formas poéticas.

Graciliano Ramos, de prosa seca, concisa e sintética, sem sentimentalismos, primando pela objetividade e clareza.

Cecília Meireles, intimista, cética, mas preocupada com as relações humanas.

Clarice Lispector, uma brasileira nascida na Ucrânia, sintética, profunda, tinha a característica de dar personalidade a seus personagens.

E tantos outros.

A preocupação antropológica de Euclides da Cunha, e Machado de Assis, que talvez, ao lado de Guimarães Rosa, os maiores de todos, um, crítico à idealização romântica, outro, que se fartava dela.

José Mauro de Vasconcelos, Carlos Drummond de Andrade, Mário Quintana, Erico e Luis Fernando Verissimo, Conceição Evaristo, José de Alencar, Monteiro Lobato, João Cabral de Melo Neto, Rubem Fonseca, Mário de Andrade, Castro Alves, Carolina Maria de Jesus, Alvares de Azevedo, Manuel Bandeira, Gonçalves Dias, Cora Coralina e Gregório de Matos, Lygia Fagundes Telles e sua xará Ligia Bojunga, Raquel de Queiroz...

É só escolher, o Brasil, ou melhor, os Brasis estão todos lá.

49. TIBÚRCIO

Ele era um homem velho e solitário. Tibúrcio era seu nome.

Tinha uma visão peculiar, um tanto distorcida do mundo, míope, cáustica, extremamente crítica.

Quase não sorria, e era sarcástico quando o fazia.

Ele nem sempre foi só, mas agora era.

Maria havia ido três anos atrás, um câncer a levou. Foram poucas semanas desde a descoberta.

Ele nunca se recuperou, nunca pôde entender, pois a morte não justifica suas escolhas.

SONHOS, MEMÓRIAS E DIVAGAÇÕES

Ele tinha dois filhos, ambos vieram ao funeral, nenhum dos dois falou com ele.

Marília, a menina, ainda tentou, mas ele a ignorou. Já era muito tarde.

Niltinho era o mais frio, mas Tibúrcio também o ignorou, e o fez de uma forma tão evidente que ele chegou a se constranger.

Ele permaneceu altivo, afinal era Maria que partia e ela se foi sem lhe dizer adeus. Ela se foi em silêncio, sem se queixar de nada, e isso lhe doía ainda mais; não tinha com quem se queixar. Ninguém mais lhe dava ouvidos.

Niltinho e Marília, esses eram os filhos dele e de Marialva, a mãe.

Com a descoberta do câncer, os filhos queriam interná-la, mas ele não permitiu. Decidiu que ele mesmo cuidaria dela, ali, na casa onde sempre viveram.

Os filhos acharam aquilo cruel; como ele podia negar a ela o conforto da clínica, onde ela seria cuidada pelas freiras da Santa Casa, mas não havia dinheiro para isso.

Os filhos duvidaram, acharam que ele estava sendo sovina, ele devia ter esse dinheiro, escondido em algum lugar.

Ele vivia de uma pequena aposentadoria e de seu trabalho em uma banca de jornais e revistas que comprara ao se aposentar. Até pensou em vender a casa, mas onde ele viveria em tal circunstância?

Mudar-se para a casa de um dos filhos estava fora de cogitação. Desde a morte de Marialva ele e os filhos estavam estremecidos. Ambos estavam casados e lutavam para cuidar das próprias vidas.

Niltinho morava em uma edícula construída nos fundos da casa dos sogros, era como um pequeno apartamento. Não tinha filhos, então vivia ali com a esposa desde que se casara. A edícula não tinha uma cozinha, então eles tinham que compartilhar a que havia na casa, mas tinha um banheiro independente, e era só isto, dois cômodos, sendo um quarto e um banheiro.

Marília também vivia com a sogra em uma pequena casa de dois quartos, a sogra era viúva já há alguns anos e a companhia do filho e da nora era apreciada por ela.

A casa, paga ao BNH, em 240 prestações; a aposentadoria, conseguida depois de trinta e oito anos de trabalho como auxiliar administrativo em uma empresa do município, responsável pelo saneamento da cidade; e agora a banca de jornais e revistas. Esse era o esteio de Tibúrcio, esteio que lhe garantia alguma independência nessa sua triste velhice, sem Maria e isolado dos filhos que eles dois com tanto sacrifício criaram.

131

O desentendimento veio com a escolha de Marília para marido, um sujeito desocupado, que vivia às custas da mãe e da aposentadoria do pai falecido. Nunca trabalhou e era um jogador inveterado, conhecido na cidade pelas dívidas que tinha.

Niltinho era amigo do cunhado, de fato ele o apresentara a Marília, e tomou o lado deles.

Os dois irmãos ainda quiseram pressionar o pai a vender a casa e dividir o dinheiro com eles, o que Tibúrcio recusou veementemente. Os filhos então o agrediram com impropérios, o acusaram da morte da mãe e tudo isso foi demais para Tibúrcio. Ele os expulsou dali pedindo que nunca mais o procurassem.

Tibúrcio sentiu o golpe, nunca esperou tamanha desconsideração, sabia da fraqueza de caráter dos filhos, mas também se sentia um pouco responsável por isso.

Maria sempre contemporizava e passava a mão na cabeça dos filhos cada vez que eles erravam.

Tibúrcio sempre evitava contrariar a mulher.

E assim ele se tornou esse homem amargo, cáustico, crítico.

Tibúrcio sonhava com Maria amiúde, nesses sonhos Maria lhe dizia: "O que faremos, Tibúrcio? Não podemos abandonar nossos filhos. Faça alguma coisa".

Esse pedido ressoava na cabeça de Tibúrcio, ele se sentia em grande dívida com Maria.

Tibúrcio passava os dias matutando; o que fazer para remendar tanto desacerto?

O marido de Marília era um caso perdido e Niltinho era ele mesmo outro caso perdido.

Tibúrcio decidiu que para ter alguma chance ele tinha que reunir novamente a família.

Então procurou os filhos e os convidou a voltar a viver com ele, mas eles recusaram, consideraram o convite estapafúrdio.

Ele ficou desolado, tinha que pensar em outra coisa.

Ele vinha tendo pesadelos, Maria só aparecia em seus sonhos desagradada, crítica, culpando Tibúrcio pelo triste destino dos filhos.

Tibúrcio então procurou o genro e disse a ele: "Em agosto deste ano eu completo setenta e cinco anos. Nessa idade os crimes cometidos prescrevem, então você tem até lá para sumir da vida de minha filha ou eu vou te procurar e providenciar para que você pare de achacá-la, seu parasita. Não haverá outro aviso".

Ele se chamava Derli e contra-argumentou: "Mas, e minha mãe, quem cuidará dela?".

Tibúrcio respondeu: "Marília, ela dará o suporte que sua mãe necessitar".

Derli disse ainda que não tinha recursos para fugir e Tibúrcio lhe disse então: "A falta de dinheiro nunca foi um problema pra você, você encontrará um meio".

Agosto estava a vinte dias, mas naquela mesma semana Derli desapareceu, nunca mais voltou.

A princípio Marília ficou desorientada, mas acabou por se acostumar e percebeu que a vida dela sem Derli era muito mais leve e proveitosa.

A mãe de Derli já não atinava bem, nunca se soube se ela se ressentiu ou ficou aliviada.

Niltinho era um problema mais difícil de equacionar, seu caráter, ou melhor, a falta dele não inspirava uma solução plausível.

Então Tibúrcio procurou a nora, Denise, abriu seu coração para ela e implorou por sua ajuda para dar rumo à vida do filho.

Denise conhecia muito bem as fraquezas de Niltinho, confessou ao sogro não saber o que fazer.

Tibúrcio disse a ela: "Você deve deixá-lo, isso o desesperará, ele ama você, vai te procurar, implorar para que você volte pra ele. Então você exigirá que só voltará quando ele tiver um emprego e te oferecer uma casa onde morar".

Denise assim procedeu, Niltinho teve que deixar a casa da mãe de Denise e procurou o pai, precisava ter onde morar.

Tibúrcio disse que o acolheria, que cederia a ele a banca de jornais e revistas, de onde ele tiraria os recursos para ter uma vida independente, e dessa forma ele poderia recuperar a sua família.

Denise acompanhava de longe, animada que estava com a chance que a vida dava a Niltinho, por intermédio de Tibúrcio.

A edícula foi alugada a um casal de idosos aposentados, agregando uma receita importante para a mãe de Denise.

Niltinho morou por um ano com o pai e conseguiu fazer com que Denise o aceitasse de volta. Isso deu a Denise a autoridade que ela jamais imaginou ter.

Ela levaria Niltinho no cabresto a partir dali. A banca de jornais e revistas proveria a eles ganhos capazes de sustentar o casal e eles viveriam na casa de Tibúrcio, sem necessidade de pagar aluguel, o que por si só era uma grande economia.

A sogra de Marília tinha consciência de que dependia de ajuda e pediu à nora que não deixasse a casa, ela concordou.

E foi assim que as coisas se arrumaram. Tibúrcio nunca mais sonhou com Maria, entendeu que ela estava apaziguada, satisfeita com os arranjos feitos por ele.

Um ano depois Denise e Niltinho tiveram uma filha, deram a ela o nome de Maria.

Tibúrcio a visitou no hospital; deram a pequenina para Tibúrcio segurar e ele o fez.

Foi aí que todos notaram, Tibúrcio voltara a sorrir e uma nova fase se iniciou para aquela família.

50. QUIDÉ E ZETE, UM ENCONTRO FELIZ

Esta é a história de um homem que deu um basta à miséria que ocupava a sua vida. Ele decidiu partir de onde vivia. Juntou em uma bolsa tudo que tinha e ainda queria conservar com ele.

Alguns documentos; só tinha dois, uma certidão de nascimento e a identidade, uma correntinha com a imagem da Santa Família, um relógio que foi de seu pai e um anel de casamento que era uma herança de sua mãe.

Botou ainda algumas notas de vinte e de cem, quatro de uma e cinco da outra, quinhentos e oitenta cruzeiros, era tudo que ele tinha em espécie, mas ainda tinha uma poupança na Caixa Econômica Federal, que ele construiu com o que guardou do salário de zelador, que tinha já há mais de doze anos. O suficiente para dar a ele alguns meses, até se instalar e arranjar um emprego.

Tinha ainda um tal de FGTS, mas que ele nunca entendera de que diabo se tratava, um dinheiro que era dele, mas que era o governo quem dizia se ele poderia usá-lo. Deixou para trás e se foi.

SONHOS, MEMÓRIAS E DIVAGAÇÕES

Buscava um lugar distante, calmo e onde as pessoas tivessem alguma chance de se afeiçoar a ele. Em sua vida toda lhe faltou quem de fato gostasse dele.

Enfim, encheu uma bolsa leve com as coisas das quais ele se recusava a se separar e iniciou a sua caminhada. Era, nesse momento da sua vida, uma alma exaurida de sentido, esvaziado de esperanças, era preciso recomeçar. Até mesmo as memórias careciam de serventia, nelas não havia prazer, nem dor. Lembranças estéreis, mereciam apenas o esquecimento. Um reset mental.

Em sua vida, ele sempre morou em uma vila no subúrbio de São Miguel Paulista, na zona leste de São Paulo, foi de lá que saiu, ou melhor, nasceu lá e de lá nunca havia saído, até agora.

Sua história nada tinha de emocionante, então vou me furtar de entrar em detalhes. Apenas algumas rápidas pinceladas, para que vocês entendam o que o levou à decisão tomada agora; era um homem maduro, já com os seus 42 anos, mas se sentia ainda capaz. Filho único de pais falecidos, se casou já na meia-idade com uma moça mais jovem, entretanto parece que ambos falharam em suas escolhas. Durou apenas enquanto a tolerância foi suportável.

Um dia ela disse a ele: "Não está funcionando, acho melhor eu ir embora", e se foi. Não houve brigas, nem justificativas lamentosas, apenas a consolidação de uma constatação e uma tomada fria de decisão.

Por um período teve alguns sobrinhos, do ramo da família dela, mas os laços duraram apenas até ela partir.

Seus estudos foram suficientes para que ele aprendesse a ler e entender aquilo que lia. Fazia algumas contas, as mais simples as fazia até mental-mente. Adquiriu o hábito de ler e foi lendo que descobriu que havia muito mais mundo do que o que ele conhecia, então decidiu: ia achar o seu lugar.

Escolheu a cidade de Arujá, uma cidade de menos de noventa mil habitantes, localizada no Alto Tietê, com muita mata preservada e rios piscosos (não que ele tivesse sido ou seja um grande pescador, mas com certeza gostaria de sê-lo). Uma cidade relativamente perto de onde vivia, mas com características muito mais humanizadas que os subúrbios de São Paulo.

Outra razão foi a existência de muitas estâncias, hotéis e clubes rurais, onde seria mais fácil encontrar trabalho. Era muito bom em cumprir ordens, na limpeza e na arrumação, se relacionava bem, além de se virar muito bem na cozinha.

Chegou em Arujá em pleno verão, na estação das férias escolares, a cidade estava cheia e muitas oportunidades eram oferecidas. Encontrou uma pensão perto do centro, teve que pagar a semana adiantada, mas tinha o dinheiro para isso. Lá, ofereciam um quarto com banheiro e três refeições diárias, o que atendia a todas as suas necessidades nesse recomeço de vida.

Já no segundo dia, depois de instalado, iniciou a procura por emprego, se dirigiu a um desses balcões de empregos e preencheu uma ficha com as suas qualificações. Não foi difícil, a cidade fervilhava e ele encontrou uma vaga em uma fazenda que funcionava como um hotel, onde as pessoas iam passar temporadas com a família. A vaga era de auxiliar de recepção e oferecia a oportunidade de talvez passar de funcionário temporário para funcionário efetivo, ou permanente, como vocês preferirem a definição.

O hotel-fazenda oferecia ainda a possibilidade de viver ali, instalado em um dos muitos quartos reservados para funcionários, o que seria um ganho adicional, já que poderia economizar o dinheiro da pensão.

Suas tarefas se resumiam a receber os hóspedes que chegavam, cuidar de suas bagagens, atender a um número diverso de solicitações, como dar esclarecimentos e orientações aos hóspedes, atender a serviços de quarto, organizar a portaria e a recepção. Nada que ele não soubesse fazer.

Nos finais de semana ele reforçava os serviços nas piscinas, oferecendo toalhas, barracas e até mesmo material desportivo; como bolas e raquetes de pingue-pongue, bolas de futebol Society, vôlei e basquete e, algumas vezes ao dia, recolher toalhas deixadas nas mesas e cadeiras, recolher o lixo e eventuais pertences esquecidos pelos hóspedes, e organizar as mesas e barracas para as atividades da tarde e da noite.

Ele se incorporou à rotina do hotel-fazenda como se sempre tivesse estado lá. Os outros funcionários eram amistosos e receptivos e já na segunda semana ele se sentia perfeitamente em casa, quase que em família.

Trabalhava em turnos diários duplos de seis horas, com três horas de descanso e mais quatro horas nas atividades noturnas, quando animavam o restaurante e participavam de atividades de recreação para os hóspedes. As atividades no hotel iam então das 8h até as 23h e todos se revezavam para dar conta de tudo. Tinham um dia de folga semanal, quando, se quisessem, podiam deixar o hotel e retornar no dia seguinte.

Ele já estava adaptado e gostando muito do que fazia.

O corpo de funcionários era composto, em sua maioria, por gente muito jovem, entre os dezoito e os vinte e cinco anos. Um outro grupo, ao qual ele pertencia, de arrumadeiras, cozinheiros, pessoal de limpeza e manutenção, era composto de pessoas mais maduras. Isso era um conforto, pois a maior rotatividade estava entre os mais jovens, destacados em sua maioria para o atendimento às atividades esportivas e de recreação dos hóspedes.

Tudo era novo, agradável e prazeroso e ele sentia que poderia seguir fazendo aquilo pelo resto da sua vida.

As pessoas às vezes lhe perguntavam: "De onde você vem?", "Como veio parar aqui?", e até que planos ele tinha para o futuro, mas se contentavam com respostas simples, por mais evasivas que fossem.

Havia uma moça da arrumação, ela se chamava Elizete. Tinha mais ou menos a idade dele, talvez um ou dois anos mais jovem; era, até onde ele sabia, solteira e vivia na cidade; o pessoal da arrumação tinha uma rotina que ia das 8h às 14h, mas alguns deles davam plantão para permitir atendimento nas 24 horas do dia.

E foi em um desses plantões que ele se aproximou de Elizete.

Ela tomava um café na lanchonete, já no finalzinho de um dia de semana; os plantonistas só tinham trabalho se solicitados para atender eventualidades.

A lanchonete estava vazia, apenas Elizete estava lá em uma mesa que dava vista para a piscina. Viu ele passando quando o interpelou: "Oi, está de folga hoje ou terá ainda atividade noturna?".

Ele se aproximou e respondeu a ela: "Hoje minhas tarefas já se encerraram, e você? Está tendo um plantão tranquilo?".

Ela respondeu: "Até agora, sim, mas nunca se sabe".

Sem perguntar se sentou com ela, pediu um café e puxou conversa: "E você, mora onde e como veio parar aqui?".

Ela então respondeu: "De onde? Daqui mesmo, eu nunca saí daqui. Este hotel-fazenda era antes uma fazenda de produção de gado para o abate e a produção de leite e derivados. Meu pai trabalhava desde menino lidando com as criações. Nós tínhamos uma casinha onde hoje ficam as pistas para equitação, exatamente onde estão construídas as baias para os cavalos. Ali eu cresci, também ali eu entrei na lida, como o resto da família. Eu ajudava minha mãe na cozinha e nos cuidados com a casa-grande, que foi preservada e fica onde estão hoje o museu e a sala de leitura. No prédio que sucede a recepção e por onde se acessam os quartos mais disputados da propriedade, o restaurante e a sala de cinema".

Prosseguiu ela: "Meus pais se aposentaram, se mudaram para uma casa a poucos quilômetros daqui, em um bairro chamado Bairro da Olaria, que também era parte da propriedade, até ser loteado. A casa onde fomos viver foi construída pelos donos da fazenda e doada a meus pais e a outros funcionários antigos da fazenda, a título de reconhecimento pelos anos de serviços prestados".

"Fui ficando. Trabalhei na cozinha, na fábrica de queijos, no frigorífico onde fazíamos linguiça e depois na arrumação, onde estou até hoje. Já são trinta anos de serviço. Já fui até babá de dois filhos do patrão, mas hoje eles vivem na capital do estado, onde dirigem a agência que comercializa os pacotes de estadia aqui na fazenda. Sou cria desta fazenda, não me vejo fora daqui. E você, qual a sua história?"

Ele resumiu sua história assim: "Vim de um lugar que não tem história, como também não tem a minha vida, não uma que mereça ser contada. Levei uma vida medíocre que um dia decidi abandonar. Saí por aí até parar aqui, buscando ser parte de algo que pudesse valer a pena. Sou um homem cujo passado nunca valeu a pena e que, por absoluta falta de alternativas, resolveu apostar no futuro, ou melhor, dar uma chance a ele".

Ela então acrescentou: "E como está se saindo?".

"Bem, eu acho", ele respondeu a ela, "pelo menos estou me divertindo muito."

Ela ouviu atenta, olhava para ele como se sentisse pena e isso o constrangeu, então mudou o assunto: "Elizete, você é uma moça bonita, simpática e tem um sorriso lindo, nunca se casou?".

De repente, se deu conta de sua indiscrição, ela percebeu e contemporizou: "Assim você me faz enrubescer, mas não, nunca fui casada; já namorei muito quando era mais jovem, mas não se engane, sempre tive juízo".

Os plantões deles nem sempre coincidiam, mas quando acontecia eram companheiros frequentes, ele a ajudava com suas tarefas, faziam as refeições sempre juntos, e sem perceber, foram se afeiçoando um ao outro.

Os colegas gostavam de vê-los juntos.

Ele contava a ela as histórias que tirava dos livros que lera e ela ouvia com uma atenção que o recompensava de uma forma que jamais ele havia experimentado.

Pensava consigo: "Acho que estou apaixonado. Quem diria? Apaixonado como nunca estive antes".

Elizete sabia e parece que isso também a comprazia, e isso o deixava ainda mais feliz.

Os dois eram muito estimados na fazenda e viam nela um propósito santo; acolher e propiciar conforto e diversão às famílias que ali decidiam passar seus dias de folga, longe do trabalho e das rotinas do dia a dia e das chatices que iam invadindo suas vidas.

Ele já não se lembrava mais de São Miguel Paulista, nem do homem que ele abandonara lá.

Ah, antes de prosseguir, seu nome é Melquíades, mas Quidé é como todos o chamam ali. Foi Elizete que começou a chamá-lo assim. Em contrapartida ele passou a chamá-la Zete.

Certo dia, em uma semana chuvosa, as crianças todas demonstravam uma depressão crescente, pela falta de alternativas do que fazer.

Foi de Elizete a ideia, ela o chamou e disse: "Quidé, vamos reunir as crianças, você tem muitas histórias para contar, vou fazer uns bolinhos e uns pães de queijo, vamos levá-las ao salão principal e vamos entretê-las, você vai contar a elas algumas de suas histórias".

Ele gostou da ideia, sentaram os guris em uma roda ao redor da sala do museu e então ele lhes contou a história de Jasão e o Velocino de Ouro. Contou sobre o receio que o rei Pélias tinha de ser morto por Jasão, como preconizava uma antiga profecia. Esse rei então imaginou uma tarefa impossível e a encomendou a Jasão. Encontrar e trazer para ele o Velocino de Ouro, que era a lã de ouro do carneiro alado Crisómalo.

Contou-lhes sobre o barco que ele construiu na cidade de Argos, que ele chamou de Argo, onde reuniu diversos heróis, chamados depois de Os Argonautas. Jasão partiu então para Cólquidas, próximo ao Estreito de Bósforo, no sul do Cáucaso, onde fica hoje a República da Georgia, e onde um outro rei, Eetes, exigiu de Jasão o cumprimento de uma série de tarefas, também impossíveis, antes que ele pudesse obter o tal Velocino; entre elas a de arar um campo onde havia touros que cuspiam fogo, semear os dentes de um dragão e lutar com o exército de esqueletos que brotavam dos dentes semeados e, por fim, passar pelo dragão que guardava o próprio Velocino.

A história era longa, e só essa parte ocupou a tarde dos guris, que se despediram ansiosos pela continuação da história no dia seguinte.

Elizete ria e se divertia, as crianças se encantavam com os nomes dos heróis e das cidades por onde eles passavam. O sucesso foi tão grande que até mesmo os pais apareceram para ouvir o desenrolar das histórias. Quidé tinha um talento especial para contar histórias.

Esse momento virou rotina. Nas tardes chuvosas e mesmo à noitinha, depois do jantar, as crianças se reuniam para ouvir as histórias de Quidé e comer os quitutes de Elizete.

Um dia, na folga de Elizete, que coincidiu com a de Quidé, ele saiu pela primeira vez da fazenda e foi conhecer a casa dela. Ela cozinhou para ele, passearam pelo vilarejo e Quidé pousou a noite na casa com ela. Dormiram juntos e tiveram seus primeiros momentos de intimidade.

Quidé se sentia no céu, e assim, de uma forma silenciosa, sem protocolos, eles se tornaram um casal.

Elizete, muitas vezes chamada simplesmente de Zete, estava feliz e Quidé partilhava dessa felicidade.

E assim, sem se dar conta, Quidé, Melquíades para quem preferir, foi construindo novas memórias; o carinho e o acolhimento de Elizete, a alegria e a receptividade das crianças às suas histórias, a satisfação de receber e dar acolhida a pessoas que chegavam sisudas e estressadas à fazenda e a sua transformação de humor, que eles ajudavam a propiciar.

Quidé tinha agora um propósito na vida, ou melhor, dois, a fazenda, com seus hóspedes, e Elizete.

Quidé, por fim, teve compreensão do que era seu FGTS e de como ter acesso a ele, valor que, somado ao que construiu trabalhando na fazenda, possibilitou a compra de uma propriedade, pequena, com cerca de dois hectares, nas proximidades da fazenda e do Bairro da Olaria. Lá eles tinham alguma plantação, criavam alguns animais, apenas por prazer e amor à atividade.

Na fazenda, enquanto envelheciam, ficavam cada vez mais ocupados com o entretenimento das crianças.

Eram eles, Quidé e suas histórias e Zete com seus quitutes, a atração das tardes chuvosas e das noites depois do jantar.

E assim foi, até que perceberam que a história dos dois passara a ser uma única história.

O tempo passou e eles se recolheram na propriedade que haviam construído ao longo da vida.

Ainda contavam histórias, mas já não cumpriam plantões, nem tinham obrigações que cumprir.

Quidé certo dia não despertou, Zete o conduziu à sua última morada, no campo santo do Bairro da Olaria. Ela se foi menos de um ano depois, os amigos a acomodaram ao lado de Quidé.

Até hoje, ainda são lembrados; Quidé, o contador de histórias, e Zete, que deu a ele propósito e que construiu com ele memórias que lhe deram alegria, mas que agora ele levara consigo para onde quer que estivesse.

Em São Miguel Paulista ninguém nunca soube dessa história, mas isso já não importava mais.

51. CALEBE, DAVI E PIPOCA

Ele sempre tivera uma preferência pelos dias sombrios, as noites sem lua, de nuvens espessas, quando as sombras dominavam os guetos e as ruas, os ventos assoviavam pelas frestas de portas e janelas e as pessoas se recolhiam nas salas das casas, contritas, esperando pelo sol, que quem sabe a manhã traria.

Ele se chamava Calebe, sempre teve um apreço pelo mórbido, pelo misterioso, as sombras eram suas companheiras favoritas, preferia as histórias sobre fantasmas, almas penadas que, a despeito da descrença geral, ele sabia, caminhavam pelo mundo.

Ele acreditava nos demônios, nas almas penadas e em personagens que povoavam as histórias e os folclores da região; Negrinho do Pastoreio, um protegido de Nossa Senhora e que ajudava as pessoas a encontrar suas coisas perdidas; a Matinta Pereira, a bruxa velha que à noite se disfarçava de ave, a coruja rasga-mortalha, ou um corvo negro; o Saci-Pererê, um protetor da floresta, que muitos associam com o Curupira, que tinha os pés virados para trás, de cabelos vermelhos e que se divertia desorientando caçadores com seus assobios ensurdecedores e as pegadas que deixava com os pés virados para trás, confundindo-os; a Mula Sem Cabeça; a Iara, o Boto-Cor-de-Rosa; o Boitatá, uma cobra de fogo encarregada de proteger os campos dos incêndios criminosos provocados pelos homens; a Caipora, algoz de caçadores que se arriscam pelas florestas; e tantos outros.

Era, de certa forma, ridicularizado por isso, mas não ligava, ele os pressentia, chegava a escutá-los nas noites mais sombrias.

Ele compartilhava seus pressentimentos, suas suspeitas com quatro amigos, Eliseu, Verlana, Calístono e Melquedeu. Todos de certa forma compartilhavam desse mundo que ele via, que ele pressentia e pelo qual até ansiava.

Uma certa feita, a noite tão esperada por eles teve início. O sol abandonou o mundo e a noite assumiu o seu reinado. Lá fora, afastados das luzes das casas, no domínio da escuridão, ruídos assustadores, sussurros e lamentos ecoavam pela noite.

A lua ainda surgia, mas agora com uma luz própria, dotava os cantos com sombras vacilantes, que se escondiam quando alguém se aproximava.

Os animais, cachorros e gatos, pequenos roedores, se arrastavam pelos cantos, orelhas em pé, os rabos entre as pernas. Em lugar de latidos e miados, uivos sombrios, lamentosos. Esse era o clima.

Calebe reuniu os amigos, Eliseu, Verlana, Calístono e Melquedeu. Tinham uma missão a cumprir.

A noite se prolongava e na hora combinada a "equipe" se reuniu, chegara o tempo de cumprir a tarefa a que estavam destinados.

Se reuniram às portas da igrejinha, que o cura mantinha trancada desde que a noite alongada se instalara.

Tudo era muito escuro, os caminhos mal podiam ser vistos, mas um deles se iluminou.

Era uma luz tênue, apenas insinuava pequenos trechos que eles poderiam percorrer, e eles o tomaram.

Calebe juntara alguns apetrechos; um arco e algumas flechas, algumas delas com pontas de prata, um rosário, um vidro cheio da água benta da fonte da igreja, e um bocado de café e tabaco.

SONHOS, MEMÓRIAS E DIVAGAÇÕES

Eliseu e Verlana carregavam tochas e potes com um óleo bento pelo cura e grãos de milho e soja, Calístono e Melquedeu carregavam livros do Velho Testamento e um exemplar do livro egípcios dos mortos, e assim munidos iniciaram a caminhada pela estrada que se insinuava, parcamente iluminada.

Muitas sombras pareciam fugir e se esconder à passagem deles, mas eram os ruídos que mais os perturbavam.

Sons ancestrais, lamentosos, alguns de antepassados esquecidos clamando por atenção.

Era um caminho estreito, de terra batida, ladeado por uma mata rasteira, sinuoso e com subidas e descidas suaves.

Casinhas brancas apareciam vez em quando, pequenas aglomerações onde as pessoas se escondiam, assustadas, sequer assomavam às portas ou janelas.

Vez em quando um cemitério, com suas tumbas solitárias, com flores já murchas e apodrecidas e oferendas das mais variadas: terços de madrepérolas, porta-retratos com fotos das pessoas que ali descansavam, esperando o dia do juízo que prometia a ressurreição, tornar o pó de novo em carne e fazer florescer de novo a vida onde só havia a morte, pratos com grãos variados e garrafas com bebidas diversas. Tudo que a fé e as crendices recomendavam que fosse oferecido.

Ao passar por eles, os cinco companheiros ouviam chamados, lamentos e até maldições proferidas por aqueles mais enraivados, gente cuja vida fora tirada em condições traumáticas, inesperadas, incapazes de entender que sua jornada neste mundo dos vivos terminara e que nada podiam fazer a respeito.

E eles seguiam em frente, sabiam que o que os esperava ainda não estava ali.

De repente, um uivo, alto e profundo, todos os pequenos seres vivos da mata, que ruidosamente se manifestavam, se calaram. Nenhum ruído, um silêncio total que só aquele uivo, lamentoso, mas ameaçador, quebrava.

Aí vinha o primeiro desafio.

Em um promontório em um lado da estrada, um lobo, que se erguia nas patas traseiras ao uivar. Um lobo que um dia fora humano, que de dia caminhava sobre duas pernas, mas que nas noites de lua cheia se tornava aquela besta de quatro patas, com garras e dentes ameaçadoramente fatais.

Calebe agarrou seu arco, o municiou com uma flecha com ponta de prata. Verlana verteu um pouco da água benta em um prato que trazia no embornal com os vidros de óleo bento e dois saquinhos com os grãos de milho e soja.

143

Calístono e Melquedeu recitavam poemas antigos, que desconstruíam maldições antigas.

Um deles dizia: "Ah, esse mal que se anuncia e nos ameaça, protegido pela noite e disfarçado de sombras, como se parte delas fosse. Eu te repudio, estabeleço daqui o seu limite, certo de que essa água benta que verto aqui te impeça de avançar, que ela queime os seus pés, que arda nos seus olhos e te impeça de ver, que a minha prece ensurdeça os seus ouvidos e confunda os seus pensamentos. Essa é a terra dos homens, porque esse foi o desejo de Deus, não há lugar pra você aqui".

O lobo se irritava cada vez mais e ia se aproximando da estrada por onde eles caminhavam.

Ninguém sentia medo, apenas apreensão.

Quando o lobo se apresentou, com seus olhos de fogo, com os seus dentes e garras afiadas, Calebe disparou a flecha. Ela se alojou no flanco esquerdo do lobo, entre a cabeça e o que seria o seu ombro esquerdo, penetrando fundo e atingindo o coração.

O lobo caiu, Verlana deu a ele a água benta para beber e ele bebeu, e o homem por trás do lobo foi surgindo, também agonizando, abatido que fora, e por fim sucumbiu, mas já não na forma da fera, jazia ali a figura de um homem e nessa forma podendo ser admitido nos céus.

Melquedeu incendiou aquele cadáver, se assegurando de que ele jamais voltaria à vida, e seguiram caminho, pela noite que seguia escura.

Mais à frente eles sentiram a necessidade de descansar, invadiram uma casa que se encontrava vazia e lá se acomodaram.

Calístono ficou de guarda, Melquedeu o substituiria em algumas horas.

Ao fim de um par de horas ouviram uma ave cantando, era mais um lamento, mas também uma ameaça. Calebe soube, era a Matinta Pereira, ela, a bruxa velha disfarçada de um grande corvo negro. Calebe tirou do embornal que carregava grãos de café e soja, um pouco de tabaco e café e pediu a Eliseu; vá até lá, ofereça a ela, ela veio por isso, vai nos deixar em paz.

Eliseu, quando foi à porta, em lugar da ave, encontrou uma senhora, vestida de negro, cabelos soltos e desgrenhados, caídos sobre os ombros e que rapidamente aceitou as oferendas e se foi caminhando pela mata, até desaparecer.

Eles descansaram mais um par de horas, antes de seguir caminho.

Calebe sempre à frente, Verlana a seu lado, os outros logo atrás.

O pior estava por vir, e eles não sabiam ainda o que seria, que forma tomaria e que ameaças traria. Mas seguiam animados e convencidos de que seriam exitosos em sua tarefa.

De repente um edifício alto, quatro ou cinco andares; lá dentro, pelos corredores, pairava uma névoa densa, corpos mutilados jaziam em macas, como se ali tivessem sido retalhados e abandonados, em poses que deixavam expostas suas fragilidades, despojados que estavam de suas vidas.

Espectros circulavam, lamentosos pelos corredores, surgiam de dentro da névoa espessa e entre eles Calebe viu uma criança, um menino de cerca de sete ou oito anos, caminhando curioso até eles. O acompanhava uma cadelinha que arrastava as patas traseiras, desabilitadas por um atropelamento, talvez, mas ela vinha alegre e o menino vasculhava cada canto dali. Verlana foi ter com ele, e soube: ele se chamava Davi e a cachorrinha, Pipoca.

Estavam ali há mais tempo do que se lembravam.

Os vultos se afastavam à passagem deles, mas Davi não, nem Pipoca. Ambos eram espectros azulados, destacados do contexto pálido daquilo tudo.

Davi disse a Melquedeu: "Essa luz que me ilumina ainda vai salvar vocês. Pois ela vem da fonte de toda luz, que ilumina e suporta a vida. Ainda não sei como, mas quando precisarem, eu estarei lá".

Eles percorriam aqueles corredores já há muito tempo, mas agora o faziam com uma alegria e uma disposição renovada, sempre acompanhados por Davi e Pipoca.

Uma coruja piou lá fora, era hora de partir novamente.

Se deram conta de que ainda não haviam comido, mas não sentiam fome, nem sede.

Davi queria segui-los, mas percebeu que algo acontecia ao tentar sair dali, algo o prendia naquele lugar, Pipoca latia, chamando-o de volta, sabia que ainda não era chegada a hora.

A noite estava especialmente escura naquele momento e Eliseu e Verlana acenderam tochas e assim, guiados por eles, seguiram caminho.

Já estavam há muitas horas nessa estrada, o equivalente a alguns dias, de repente uma mancha escura se apresentou oscilante no horizonte.

Era disforme, escondia tudo na sua escuridão dominante. Parecia ter vida, não tínham ideia do que se escondia nela.

Era ali o fim do caminho, o desafio derradeiro.

Verlana se pôs muito nervosa, também Calístono e Melquedeu, mas Eliseu seguia tranquilo, tinha em suas mãos o Evangelho segundo Mateus.

Calebe o interpelou e ele leu: "Pois não existe nada escondido que não venha a ser revelado, ou oculto que não venha a ser conhecido (Lucas 2:12)".

Ao que Melquedeu complementou: "Tudo tem um tempo próprio e um tempo certo, com um propósito a ser cumprido e um caminho a ser seguido".

Calebe então escutou: "Venham, meus amigos, eu sou a resposta para todas as suas dúvidas. Em mim, por fim, vocês decifrarão os mistérios que os motivaram a vir até aqui. Em mim se acomodam as pessoas queridas cujas vidas foram tomadas pelo ocaso. Aqui o desconhecido se revela e eu os acolherei. Venham até mim, desprezem os seus receios".

Calebe fez um sinal e todos pararam, o mesmo apelo fora ouvido por todos, mas só Calebe duvidava, via ali um ardil. Melquedeu tomou das mãos de Calístono o livro dos mortos e leu: "Ele se disfarçará de escuridão, fará crer que ali nada há, que nenhum mal se esconde, mas é ele próprio, a escuridão, o próprio mal. Devorador das almas desprovidas de arrependimentos e de perdão. Sua substância é composta pelos lamentos que ecoam desrespeitando o tempo e o espaço, pelos gritos de dor dos vivos e pelos gemidos dos moribundos. Não há luz que o detenha, pois é ele próprio o anjo de luz, expulso dos céus por sua inveja do criador. Governante do mundo do sombrio, onde a agonia jamais tem fim, onde a fé não prospera, pois sucumbe à dúvida e à desinformação, onde a prece já não tem efeito, pois já não pode ser ouvida".

Como enfrentar aquilo?

Ali estava o fim dos tempos, a extinção da vida.

A escuridão lentamente se aproximava e a tudo abarcava, o grupo via suas alternativas reduzidas e suas esperanças consumidas pelo mal que se avizinhava.

Calebe foi o primeiro a mergulhar naquela escuridão, os demais pensaram em retroceder, mas como fugir do inevitável?

Calebe tinha dificuldades para respirar, no grupo já não escutavam uns aos outros e de repente Calebe viu ao longe uma pequena luz azul que ia crescendo ao se aproximar, um menino e sua cachorrinha que arrastava as patas traseiras.

De repente dele se ouviu: "Pare! É Davi quem lhe ordena, o algoz de Golias, Rei da Israel unificada, redentor do povo da tribo de Judá, corrompida por Saul, como diz meu nome em seu significado, um preferido do criador, um amado por ele. E aqui, em nome dele, eu te desafio, renovo aqui a sua condenação, ordeno que retroceda e que dê de novo lugar à luz".

"Venham, amigos, não tenham medo, a vontade do criador será respeitada e a ordem natural das coisas restaurada."

E a escuridão foi dando lugar a uma aurora que a foi dissipando, e de novo e por fim, o sol voltou a nascer, trazendo de volta a alegria e a esperança a todos os seres vivos e paz e descanso aos mortos.

Todos retornaram às suas casas, havia ainda muita vida para se viver ali.

E o mal, personificado no anjo de luz, voltou às profundezas, Davi e Pipoca subiram aos céus, terminada que estava a sua missão.

O grupo raramente voltou a se encontrar e esse assunto jamais voltou a ser discutido entre eles. Três deles se casaram e tiveram filhos, os primogênitos todos foram chamados Davi e tinham uma cachorrinha chamada Pipoca.

52. ALZHEIMER

Sem me dar conta eu estava acordado, demorei para reconhecer o quarto, e sim: era um quarto. Tinha cama, um guarda-roupas, uma poltrona e uma porta, mas ninguém entrou por ela.

Eu não me lembrava o que havia além dela, então não me arrisquei.

Eu precisava ir a um banheiro, mas não sabia onde havia um, aí me dei conta, eu vestia uma fralda, mas ela já estava molhada.

Me apavorei. Alguém bateu à porta, uma mulher entrou, me deu bom-dia e perguntou: "Como está, Sr. Irineu?".

Irineu? Quem diabos é Irineu. Acho que uma vez conheci um Irineu, mas faz tanto tempo.

Abri um meio sorriso; melhor eu ser simpático, pensei.

Eu ia perguntar: quem é você?, mas preferi me calar.

"Vamos trocar essa fralda", ela me disse.

Estendeu uma manta impermeável sobre a cama, me despiu e me disse: "Agora um banho, deite-se aí".

Sem saber por que eu obedecia.

Ela me limpou com lenços umedecidos e me ajudou a me vestir; primeiro a fralda, depois a calça de pijamas, a blusa, penteou os meus cabelos e me pediu: "Agora, escove os seus dentes" e me levou à uma pia em um cômodo vizinho. Era um banheiro, ao lado do quarto onde eu ficava, mas eu não me lembrava dele.

"Vou trazer o seu café, hoje tem mamão, que o senhor gosta tanto."

Mamão? Será que eu gosto mesmo?

Ela tirava bocados de mamão com uma colher e colocava na minha boca e eu aceitava. O sabor era doce, me aprazia tanto.

Mas quem era ela mesmo!

Aí entrou um rapaz, me chamou de pai.

Pai? Como assim, pai?

Ele era bonito, me lembrava alguém, mas como ele se chamava?

Comecei a ficar confuso.

Aí entrou uma criança, me chamava de vovô.

Me lembrei do sorriso dela, mas não me lembrei do nome dela.

A moça saiu do quarto, o rapaz me abraçou e me beijou.

Meu Deus, quem será ele?

A criança se agarrou em minhas pernas, sem saber por quê, me emocionei.

O rapaz me abraçou, me disse que me amava e eu me vi chorando.

O rapaz me disse: "Hoje vamos caminhar juntos" e isso me apavorou.

"Vamos dar um passeio", ele me disse. Me tomou pela mão e saímos, passamos pela sala da casa, havia uma mulher sentada, uma moça, bonita, me saudou; "Bom dia, Seu Irineu", de novo esse nome, saímos para um jardim.

O rapaz não soltava minha mão, caminhamos um pouco até sair por um portão.

O rapaz ia me dizendo: "Esse é o nosso bairro, pai, essa é a nossa rua, aqui mora sua irmã, Denise, também moram vários dos nossos amigos".

Irmã? Denise? Eu tenho uma irmã?

Lentamente voltamos à casa, de mãos dadas ainda. Gosto de estar de mão dadas com ele.

Ele me conduziu a um quarto.

Me lembrei, já havia estado lá. Mas quando?

"Quer ouvir o rádio?", ele me perguntou.

Eu assenti.

Muitas vozes falando, eu não entendia bem, mas gostava.

Quem seria ele, o rapaz no meu quarto, me chamando de pai?

Gostei dele. Ele me sentou em uma poltrona ao lado da cama. De quem seria essa cama?

E esse rapaz, quem será esse rapaz?

A moça, acho que a mesma, entrou novamente no quarto, trazia uma bandeja: "Vamos almoçar, Irineu?", me perguntou ela.

Ela me serviu como a um bebê. Achei aquilo estranho, mas aceitei.

Olhei em volta, eu estava em um quarto. Tinha cama, uma poltrona e uma porta, mas eu não sabia onde ia dar...

53. PRACINHAS E OS FOLGUEDOS

Venho de uma época em que tudo tinha o seu tempo, cada coisa tinha e ocupava um lugar próprio e havia luz e muito brilho.

Havia ainda magia; a magia do amor e da esperança.

Cada folguedo nos levava a um mundo mágico; Bumba Meu Boi, Marujada, Reisado, Congadas, Maracatu e Maculelê; a vida festejada em manifestações folclóricas, nas brincadeiras onde cada amigo era um irmão, e entre os adultos todos eram mães e pais, tios e tias, avôs e avós.

Os lugares da minha infância não eram o que são hoje.

A magia se foi, os folguedos só existem em livros, e os folguedos são outros hoje, não ocorrem mais nas praças nem percorrem as ruas das cidades.

Os amigos têm um endereço de IP, são encontrados nas telas de tablets e celulares.

Os adultos hoje expõem as suas fraquezas, os seus fracassos, tudo transborda de seus corações oprimidos.

Uma geração toda sendo substituída por máquinas e robôs. Derrotados que foram pela Inteligência Artificial.

O lucro perdeu seus escrúpulos, os poucos que ainda tinha.

As corporações, depois de conquistar a terra, seus continentes, ilhas e mares, agora querem o espaço; Lua, Marte e… expandindo.

A ambição se retroalimenta; quanto mais conquista, maior o desejo por conquistar ainda mais.

O fim do mundo, que é consumido na busca insensata de um mundo novo, essa é a equação; destruir para construir.

Mas, dentro de mim, bem lá no fundo, em uma pequena praça um brilho tênue quebra a escuridão, uma criança brinca lá. Uma criança ancestral. Ela puxa um carrinho construído de uma lata de óleo que, sem rodas, se arrasta por uma estrada desenhada no barro do chão. A boca simulando o barulho do motor e da buzina.

Atraídas, saídas das sombras, mais crianças se aproximam, acho que haverá folguedo; correr atrás da "Cavalhada", dançar ao som do "Maracatu" ou da "Folia de Reis", ou uma brincadeira, quem sabe um "pega-pega", um "pique--esconde", uma "cabra-cega" ou até um "passa-anel".

E assim, pouco a pouco, essa luz dentro de mim vai se espalhando, e de praça em praça, o mundo vai se iluminando outra vez. Pouco a pouco, nas praças onde brincam as crianças, trazendo à vida seus sonhos expressos em seus folguedos, uma nova luz volta a brilhar, até que a terra novamente se ilumine, cada criança veja na outra um irmão, ou uma irmã, e homens e mulheres voltem a ser pais e mães, tios e tias, avôs e avós.

Tudo volta a ter o seu tempo e a reocupar o seu lugar, novamente haverá luz e muito brilho.

A magia de novo se manifesta e o amor e a esperança voltam a reinar.

54. SOLIDÃO

Meu Deus, sou eu esse homem velho que vejo no espelho?

Essas rugas são minhas? Esse olhar é de fato meu?

Sei que o tempo passou, mas ainda sou capaz de me reconhecer. O olhar, o formato do rosto, e esse sorriso, agora entre sarcástico e triste, ele ainda é o meu sorriso e agora parece zombar de mim.

Esses dentes brancos, entre lábios semiabertos, são dentes que são meus.

Levo minhas mãos ao rosto, e as vejo, são, sim, as minhas mãos, magras, calejadas e com as veias ressaltadas, dedos finos e curtos. As unhas sujas, mais longas que usualmente, enegrecidas pela lida na fuligem das fornalhas onde faço o carvão que me ocupa e me sustenta. Tem a roça, mas roça tem mês certo para plantar e para dar. Carvão eu faço ano inteiro. Vem dele o arroz e o charque do dia a dia. A aguardente que beberico sempre antes de almoçar.

Madeira seca, colhida na mata, separada da madeira verde, para evitar a fumaça e dar mais qualidade ao carvão. Separo e boto para secar.

Esse sou eu, no espelho, dentro e fora dele.

Meu nome é Terêncio, igual meu avô, José Terêncio, carvoeiro como eu.

Meu pai, não; seu nome era Genúncio, foi ser vaqueiro, cuidava de bois e de vacas sem nunca ter tido um que fosse seu.

Minha mãe o largou, era adicto da cachaça. Tinha o juízo fraco.

Éramos eu, meu irmão Jacinto e minha irmã Jerusa, tal qual minha mãe, que também era Jerusa.

Jacinto morreu de nó nas tripas, ainda novo e virgem, não teve a chance de se casar, e Jerusa, essa, sim, se casou, foi-se embora do sertão, nunca mais a vi.

Moro em um rancho à beira de um rio seco, que promete um dia voltar, mas não volta. Nele ficaram só as pedras que um dia a água rolou e deixou lá.

A casa, eu fiz eu mesmo. Pau a pique, chão de terra, cobertura de bambu tapado com barro seco, por cima sapé, para proteger da chuva, mas também para refrescar.

Dois cômodos grandes, quatro por quatro; quarto em um deles, sala, cozinha, despensa e copa no outro. Do lado de fora, na direção da janela, eu penduro uma rede. Me deito nela para olhar as estrelas. Céu como o do sertão com certeza não há. Nas noites de lua, eu me encanto com tanta boniteza, eu me admiro e até durmo lá.

O banheiro distante da casa, uma casinha, dois por um, por cima de um buraco sanitário.

O banho é de bacia, água tirada da cisterna, funda, oito metros medidos na corda, água clara, mas malcheirosa.

Quando em vez o caminhão da prefeitura vem, traz água limpa, para beber e cozinhar. Eu guardo na cisterna de cimento que a prefeitura me ajudou a construir.

Eu tenho ainda uma rocinha, minha riqueza; feijão, milho e macaxeira, tudo plantado entre os mandacarus e ingazeiras.

Verdura não nasce lá, o sol não deixa e a água não dá.

Segunda pela manhã é dia de pilar a paçoca, guardo na lata, dá pra semana.

Tenho um jegue chamado Aristeu, comprei um bode, Jacinto, e uma cabra, Mimosa. O bode fugiu, mas a cabra e o jegue ainda seguem por lá, meus companheirinhos.

A estrada passa lá longe, um quarto de légua do rancho, seguindo reto para onde o sol nasce, légua e meia até a cidade.

Eu quase nunca vou lá, só quando tem precisão. Para levar a colheita; duas caixas de macaxeira, uns poucos quilos de feijão, umas dúzias de espigas de milho, vão no lombo do jegue, dois balaios encangados, um para cada lado, pra mode equilibrar, que eu levo de pé, lado a lado com o jegue pra mode não pesar. Troco e vendo no mercado.

Trago de volta umas poucas coisinhas; um saco de arroz, macarrão, massa de tomate, sal e açúcar. Quando dá, uma alpercata, um lençol para o colchão, sardinha em lata, álcool, de beber e de passar, mertiolate e algodão. Uma enxada e uma foice, um balde para tirar água do poço e algum sabão.

Isso é tudo. Trocas feitas, ainda restam alguns tostões.

Passo na igrejinha, deposito uma contribuição, para Maria, minha santinha, mãe do menino Deus, aquele que morreu na cruz.

Quatro horas caminhando na poeira, essa é a missão, na ida eu vou sonhando, na volta, venho pensando na vida.

Não sou solitário porque quero, sou assim porque sozinho fiquei. Igual meu bode Jacinto, todo mundo se foi. Sou como as pedras do rio, fui ficando e até hoje estou lá.

Não tenham pena, fui eu quem decidiu assim. Estou acostumado.

É na solidão que eu me sinto confortável, é naquele rincão que eu me sinto acomodado, solitário. Ah, tem a cabra Mimosa e o jegue Aristeu, mas não sei se eles contam. Me acompanha ainda minha santinha, na mesinha ao lado da Bíblia que um beato andarilho um dia me deu. Bíblia de Gideão, dizia ele. Foi para agradecer o café, a paçoca e a cabaça cheia de água fresca.

Não sou bom com as letras, mas guardo ela lá, bem junto da santinha, foi ouvindo o beato que aprendi a rezar.

Eu, minha cabra Mimosa, meu jegue Aristeu, os meus pés de mandacaru, minha roça e o velho que vejo no espelho e que acho que zomba de mim.

55. LOBO E CORDEIRO

Não se espante, sou eu mesmo. Assim vestido, com a pele de lobo.

Pode tentar, mas me decifrar é tarefa ingrata, pois o meu rosto é de mármore. Firme, inexpressivo, um sorriso ao contrário. De fora para dentro, assim me divirto, assistindo a mim mesmo.

Mas, a despeito disso, minha alma é de um cordeiro. Na cabeça as penas de um falcão. Em lugar de boca, um bico predador.

Atraio os incautos; às vezes eu os amo, outras, eu os devoro.

Ora cordeiro, ora lobo ou ave de rapina, esse sou eu.

O lobo é o guardião da minha solidão, vagando sorrateiro, se esgueirando pelas estepes geladas das almas sombrias. Oculto nas sombras da noite, por onde ninguém mais se atreve.

O cordeiro é o meu disfarce, com ele é que invado e frequento a solidão alheia.

Quando falcão, rapino as pessoas, me sirvo e me alimento de suas lembranças, aquelas que elas têm guardadas de mim e de si próprias.

Matreiro, não desperto suspeitas, minha chegada é sempre inesperada, silenciosa. Vindo das sombras e da escuridão.

Meu pouso é suave, entro pelas portas da alma, que a solidão mantém entreabertas.

56. SONHOS

Vocês já repararam em certos personagens que, desavisadamente, do nada aparecem em nossos sonhos?

Gente que nunca vimos, com quem nunca estivemos e que entram e saem de nossos sonhos? Às vezes simplesmente aparecem neles, não nos dizem nada e quase não interagem, vão-se embora tão quietas como chegaram. Parecem apenas observar os cenários, os momentos e os ambientes neles criados, parecendo não entender o porquê de estarem ali.

Raras vezes interferem e poucas vezes são interpeladas por nós.

E quanto ao contrário; quando nos deparamos com um sonho em lugares que nunca frequentamos, com pessoas que não conhecemos, que parecem não notar a nossa presença ou se incomodar com ela? Em geral, sequer chegamos a ser coadjuvantes nesses sonhos. Chegamos e partimos deles sem uma justificativa aparente, quase sempre os esquecemos e nunca mais nos lembramos deles.

Pois bem, há um em particular que quero contar aqui:

Até onde me recordo, eu estava em um grande salão, onde muitas pessoas discutiam. A princípio eu não via os seus rostos, não podia distingui-los e eu, então, comecei a percorrer o salão.

A discussão era acalorada, eu podia perceber, mas até aquele momento eu não podia entender o que as pessoas diziam. Os sons de suas palavras chegavam até mim indecifráveis.

Mas havia uma moça. Ela me notou antes que eu a notasse, caminhou até mim e me disse: "Olá, você de novo por aqui? De onde você vem e quem é você?".

Não tive tempo de responder, o cenário se dissipou e eu acordei em meu quarto.

Não pensei a respeito, mas a cena permaneceu em minha cabeça. Em poucos minutos voltei a dormir, mais uma vez me deparei com o salão, já não havia tantas pessoas lá, mas a moça seguia lá, em destaque na cena que eu via.

Desta vez eu a notei primeiro, ela vestia um conjunto de saia e blusa, não me lembro as cores; seu rosto era sóbrio e marcante, mas parecia aflito.

Virou-se para mim e esboçou um meio sorriso: "Você de novo. Talvez possa me ajudar".

Perguntei a ela o que era toda aquela gente e o que discutiam tão ruidosamente ali.

Ela me pegou pela mão e me conduziu salão adentro.

Era um salão enorme, desses que só os casarões mais proeminentes possuíam. Era adornado com vitrais e colunas que subiam até o teto alto, onde grandes lustres de cristais iluminavam o ambiente.

Havia um lustre central, era o maior e o mais brilhante de todos, nele milhares de gemas de cristal estavam amarradas umas às outras, formando desenhos simétricos, a exemplo de cachos de uvas transparentes, parecendo uma árvore de Natal, ao contrário.

Ao fundo, que era por onde ela me levava, havia uma porta dupla, com cerca de três metros de altura, com a parte de cima em forma ovalada, toda trabalhada com alto-relevo, pintado com tinta dourada sobre o fundo branco do mármore de que eram feitas, da mesma forma que eram decorados os capitéis das colunas e suas bases, em estilo romano clássico.

As portas possuíam puxadores dourados, também trabalhados, e fechaduras imponentes, também douradas. Por elas passariam confortavelmente quatro homens, ombro a ombro.

Ao sairmos, entramos em um alpendre amplo, ricamente mobiliado, que era cercado por muretas que interligavam miniaturas das mesmas colunas do salão, e, ao centro, em frente às portas pelas quais passamos, uma escada de degraus amplos, também construídos em mármore, impecavelmente branco, dando para uma pequena praça com uma fonte que jorrava água continuamente em uma bacia também de mármore, onde os passarinhos vinham beber, e que separava a casa de um jardim magnífico, como eu só havia visto nos folhetos dos castelos ingleses e franceses.

O jardim estava todo florido e era convenientemente cercado por cercas vivas de murta e cipó-de-são-joão, com desenhos que delimitavam as alamedas que percorriam o jardim.

Na parte central do jardim havia uma construção, parecida com os coretos existentes nas cidades do interior, construído em madeira em formato hexagonal, com bancos ao seu redor, de onde se podia apreciar, bem acomodado, a beleza do jardim.

Havia ainda duas ruas calçadas que ligavam o portão de entrada da propriedade ao pátio onde ficava a fonte luminosa. Os carros percorriam essas ruas contornando os jardins no sentido anti-horário e retornavam até um pátio onde se poderiam acomodar vários carros estacionados ao mesmo tempo.

Tudo me chamava a atenção. Eu vivia na cidade de Ribeirão Preto e jamais pude imaginar que haveria na cidade uma propriedade como aquela.

Ela me conduziu pelos jardins até o coreto onde nos sentamos e ela começou a me explicar: "Eu não sabia o que esperar, mas soube, assim que te vi, que deveria ser você. Nos resta muito pouco tempo, então serei breve".

Eu a interrompi: "Mas você não sabe nem o meu nome, quanto mais quem sou. Meu nome é Eugênio, e o seu, como é?".

Ela me disse então: "Puxa, me desculpe, deixa eu me apresentar; meu nome é Amélia. As pessoas que você viu lá no salão são meus familiares; primos, tias e tios, há entre eles muitos advogados, o que seria desnecessário, mas cada um resolveu escolher o seu. Naquela turma falta bom senso e sobra desconfiança. A discussão gira em torno dos direitos à herança que cada um julga ter".

Eu perguntei então: "Mas o que eu teria a ver com isso? Não conheço ninguém naquele salão e até mesmo você é uma estranha para mim".

"Calma, você já vai entender", me disse ela. "E não estava esperando por você, na verdade já não esperava por ninguém. Quando te vi pela primeira vez, não chegamos a nos falar, mas você atraiu de imediato a minha atenção. Você partiu de repente e algum tempo se passou até que eu te encontrasse novamente. Mas então eu já sabia, você seria a pessoa que poderia me ajudar."

Eu olhei firmemente para ela, então percebi suas sobrancelhas, impecavelmente cuidadas, perfeitamente simétricas, na altura correta emoldurando aqueles olhos azuis que ela tinha, o que me indicava que ela era uma mulher de fino trato, e disse a ela: "Você já se deu conta de que estamos em um sonho?".

"E onde mais poderíamos estar?", me respondeu sorrindo.

Voltei a despertar. Intrigado desta vez. Como fui burro, pensei, deveria ter perguntado mais sobre ela; sobrenome, em que lugar ficava aquela propriedade, ou até mesmo de que forma eu poderia ajudá-la.

Alguns dias se passaram.

Havia uma pequena praça onde os moradores mais antigos costumavam se encontrar, ali jogavam damas e dominó e ficavam proseando durante boa parte da manhã. Passei a frequentá-la e, quando lá, perguntava aos mais antigos se algum deles conhecia uma propriedade como a que eu vira nos meus sonhos. A resposta quase sempre era negativa, mas certo dia me encontrei com um fazendeiro, Seu Epifânio, um dos mais antigos da cidade, sua fazenda era centenária e ainda era dela uma das maiores produções de café da região.

Ao questioná-lo, ele fez uma cara de espanto e me perguntou: "Como uma pessoa jovem como você pode ter notícias desta propriedade? Ela já não existe desde o século passado. Se consumiu em um grande incêndio. Dizem que foi o próprio dono das terras que iniciou o fogo. Foi tudo muito triste, muitas pessoas morreram, inclusive a esposa do fazendeiro, uma das maiores belezas que Ribeirão já possuiu. Seu nome era Maria Amélia e o fazendeiro se chamava Astolfo Gutierres de Orleans".

E continuou: "Dizem que ele era descendente da Família Real e que as terras foram dadas a um bisavô de Astolfo pelo próprio Dom Pedro II, em retribuição a serviços prestados. Depois do grande incêndio, ela foi reconstruída e está sendo administrada por uma pessoa indicada por um juiz inventariante, uma vez que o inventário já leva vários anos. Posso te indicar a localização, mas, até onde sei, os herdeiros disputam na justiça a sua posse já há mais de dez anos".

O ano era 2012, então o "século passado" não estava tão distante assim.

Ele me contou mais, me disse que o ato de loucura de Astolfo se dera em função de uma suposta traição, que Maria Amélia sempre negou. Um dia ele, embriagado, expulsou Maria Amélia com a filha que eles tinham da propriedade e ateou fogo à casa e aos campos ao redor dela. A filha de Maria Amélia tinha o seu nome, Amélia, e já contava com dez anos por ocasião desses fatos.

Perguntei a ele quando esses fatos haviam ocorrido e ele me disse que ele havia acabado de se casar e o ano deveria ser 1962.

Desde então, supostos descendentes de diversas origens brigam pela propriedade. Amélia, que deveria ser a herdeira legítima, ficou desamparada, morando uma hora aqui, outra acolá, sem dinheiro para participar da briga pela herança de Astolfo, praticamente renunciou a seus direitos e aos da filha, que teve tardiamente com um oficial da Marinha brasileira. Uma menina linda que lembrava muito a mãe e a avó, cujo destino foi um orfanato logo após a morte de seus pais em um acidente de carro, durante uma viagem para o Rio de Janeiro.

Às sextas-feiras eu costumava ir ao centro de Ribeirão; caminhava um pouco pela praça e depois me sentava em uma mesa externa de um bar muito famoso, o "Pinguim". Ali, lendo um jornal ou uma revista, eu saboreava dois ou três do melhor chopp do estado, talvez do país, e o meu petisco predileto; bolinhos de bacalhau com azeite português.

Depois fazia meu caminho de volta caminhando, de vinte a trinta minutos em passos lentos.

No meu caminho passava pelas ruas mais comerciais, ruas exclusivamente de pedestres onde o comércio se instalava em ambos os lados. Nelas se acumulavam vendedores ambulantes e camelôs com suas barraquinhas, pedintes, ciganas e artistas de rua; malabaristas, artesãos e pregadores com suas Bíblias ou livros do Velho Testamento.

Muitas crianças eram enviadas por seus pais para amolecer os corações alheios, pediam uma moeda e ofereciam algum tipo de doce em troca.

Em meu caminho uma menina que aparentava ter entre dez e doze anos me chamou a atenção, vinha com ela um garotinho que parecia ser um seu irmão menor.

"Senhor, senhor! O senhor se lembra de mim? Eu sou Anelise e o senhor deve ser Eugênio. Minha mãe me falou."

Perguntei: "Sua mãe está viva?". Ela me disse: "Não, mas ela também me visita em sonhos".

"De onde você me conhece, menina?", perguntei a ela. Ela respondeu: "De um sonho, senhor, o senhor frequenta alguns de meus sonhos".

Eu então tentei saber dela; onde e com quem vivia, por que estava sozinha pelas ruas, e que sonhos eram esses.

Esse encontro me intrigou profundamente, eu não me lembrava de nenhum sonho no qual eu tivesse encontrado essa menina.

Essa menina, que me encontrou no meio da rua, que me conhecia pelo nome e se chamava Anelise.

Reconheci nela os olhos azuis de sua mãe e as sobrancelhas, naturalmente delineadas, como as da mãe.

Ela me respondeu: "Vivo por aí, passo as noites nos albergues e nos centros de acolhimento da igreja e de dia tento fazer alguns trocados. Já tinha notado que o senhor passava por aqui às sextas-feiras e hoje resolvi esperar pelo senhor".

E continuou: "Esta semana sonhei com minha mãe e ela me disse que procurasse pelo senhor, que o senhor me ajudaria a recuperar muitas coisas que me foram tiradas".

Eu pensei comigo, como pode ser, como posso sonhar com a mãe morta desta criança e como essa pessoa, já falecida, pode agir de maneira a me ligar a essa criança?

Uma vez, consultando um amigo sobre sonhos, ele me disse que o tempo nos sonhos não corre como na vida, aqui fora deles. É uma realidade difícil de aceitar, mas essa história me trazia evidências mais que cristalinas.

Anelise me contou ainda que fora deixada em um orfanato e que algumas pessoas, se dizendo parentes, apareciam lá querendo levá-la, como tutores legais. Ela jamais associou isso com a disputa pela herança de seu avô, mas pressentia que essas pessoas queriam algo além do seu bem e isso a fez fugir do orfanato. Desde então levava a vida sozinha.

Ela era uma menina despachada e desenvolta, tinha uma série de amiguinhos, que depois eu vim a conhecer, todos "meninos da rua", assim como ela, todos com idades inferiores a quinze anos, o menor me disse ter apenas oito anos, se chamava Arquimedes.

A partir daí meu dilema passou a ser o de descobrir o que fazer para ajudar essa menina.

Consultei vários amigos, mas, claro, eu contava a eles apenas uma parte da história, omitindo por completo a parte ligada aos sonhos que eu tinha.

Ouvindo as diversas opiniões, construí um passo a passo que era composto de algumas ações:

1. Dar acolhimento a essa menina para tirá-la das ruas;

2. Levá-la a um médico para examinar o seu estado geral, colocá-la em uma escola para crianças da sua idade; Anelise espantosamente lia e escrevia

com fluência e bom vocabulário, trabalho das freiras da igreja onde ela às vezes buscava albergue;

3. Buscar um advogado para notificar o juiz inventariante da existência da criança;

4. Providenciar com o juiz um pedido de exame de DNA que comprovasse o grau de parentesco e visitar o antigo orfanato para ver se haveria algum registro que explicasse a sua internação após o acidente de automóvel que vitimara os pais dela;

5. Pedir ao juizado correspondente a guarda provisória da menina até que o desenrolar do inventário chegasse a um termo definitivo.

Depois de meu encontro com Anelise, Amélia passou a frequentar os meus sonhos com mais frequência; ou eu passei a frequentar os dela (mortos podem sonhar?).

Os primeiros passos da lista de tarefas foram mais fáceis do que eu poderia esperar. Contratei uma babá para cuidar de Anelise e levei com ela o menino Arquimedes, que era demasiadamente apegado a ela.

O juiz da infância e da juventude viu com bons olhos a minha atitude, apesar de ter me questionado com insistência sobre a forma como eu tomei ciência da história da menina. Ele me concedeu a guarda provisória das duas crianças e indicou uma supervisora do conselho tutelar da cidade para acompanhá-las até que o juiz tomasse uma decisão final sobre o que fazer com as crianças.

Um velho amigo advogado me ajudava com os procedimentos legais e quando foi feita a notificação ao inventariante da existência da criança é que fui perceber onde estava me metendo.

Dois supostos tios-primos da mãe de Anelise questionaram a guarda dada a mim, mas meu advogado, com muita habilidade, foi refutando os argumentos e nós conseguimos no orfanato provas que comprovavam que Anelise era filha de Amélia e do oficial da Marinha, mortos os dois em um acidente veicular.

Na documentação constava ainda que ninguém da família, por ocasião do acidente, se dispôs a cuidar da menina, achando que ela não seria empecilho às suas pretensões ao espólio de Astolfo. Quando se deram conta de que ela poderia ser de grande serventia tentaram tutorá-la, mas ela fugiu do orfanato. E agora, sem que soubessem de onde, eu apareci e tinha a guarda da criança, além de representá-la na luta pelo inventário.

O juiz achou redundante, mas o exame de DNA foi realizado comprovando o parentesco. O juiz autorizou a exumação do corpo da mãe para retirar amostras de cabelo, de onde foi retirado o material genético para comparação.

Alguns dos parentes que também lutavam pelo espólio chegaram a forjar documentos, e até um falso testamento foi apresentado como prova, mas foi rapidamente desconsiderado, pela grotesca falsificação verificada.

Enquanto a batalha transcorria, Amélia foi distanciando suas aparições. Falávamos com muita frequência sobre Anelise. Amélia fazia questão que ela soubesse a sua história e a das pessoas que de uma forma ou de outra deveriam ter feito parte da vida dela, não fosse o trágico acidente.

Eu não sou um homem de posses abundantes, mas levo uma vida confortável e tenho uma reputação construída com esmero e tudo isso pesou a meu favor quando decidi fazer o pedido de adoção de Anelise e Arquimedes, eu já estava muito afeiçoado a eles e isso daria a eles a segurança e a proteção que eram requeridas.

Arquimedes me confiou que odiava o seu nome, ele sempre dizia se chamar Dedé. Como ele não tinha documentos, falei para ele que ele poderia ter o nome que quisesse, uma vez que com a adoção a documentação toda teria que ser refeita. Ele decidiu que iria se chamar Henrique e assim nós procedemos no momento apropriado.

Eu decidi que, em lugar do meu sobrenome, eles deveriam ter o sobrenome do bisavô; "Gutierres de Orleans". Mas Anelise ponderou que esse nome nada significava para ela e adotou o meu sobrenome e passou a chamar-se Anelise Bastos de Albuquerque e seu irmão Henrique Bastos de Albuquerque.

O inventário ainda levou três anos para ser concluído e o juiz inventariante deu ganho de causa a Anelise, que de um dia para outro tornou-se proprietária de uma das fazendas mais lucrativas da região, a fazenda Orleans, e muitas outras propriedades.

Anelise já completava quinze anos e Henrique treze, ela uma menina de uma formosura rara e ele um garoto esperto, inteligente e, como ela, bem apessoado.

Mesmo após a decisão do juiz os parentes prosseguiam questionando o resultado, mas nunca obtiveram sucesso em seus intentos. Na verdade, o longo processo transcorreu dando a eles uma reputação de trambiqueiros, interessados em uma fortuna que agora já tinha dona e à qual jamais tiveram qualquer mérito.

Uma noite destas Amélia me apareceu em um sonho e me disse: "Eugênio! Desta vez eu venho para me despedir, minha missão, com a sua ajuda, por fim terminou. Cuide de Anelise como se fosse sua filha natural. Sei que ela sempre teve grande respeito por você a já aprendeu a amá-lo".

E prosseguiu: "Ela e Henrique vão enriquecer a sua velhice e te trarão alegrias que você jamais teria tido não fosse esse encontro que a vida te proporcionou".

Depois concluiu: "Despeça-se dela por mim. Vou feliz porque sei que a deixo em boas mãos. Que Deus te abençoe e oriente sempre".

Esta noite sonhei com outra moça, Beatriz... o que será que vem agora?

57. ANDARILHO

Quando alguém quer saber o que sou, o que faço, a minha resposta é simples, eu sou um andarilho. Caminho por aí, daqui para acolá, de um canto para outro percorrendo caminhos, interessado nas pessoas que por eles encontro.

Por onde vou, cruzo com toda gente; pessoas que vão e que vêm, percorrendo os caminhos, vivendo suas jornadas.

Elas quase sempre não me veem, muitas passam por mim sem se dar conta, pois nada tenho que chame a atenção, nem atrativos em que se possa fixar o olhar.

Em geral, não pergunto nada, meu sentido é o meu olhar, nada me escapa. Tenho a visão do falcão ligeiro, tenho o ouvido e o faro do cão perdigueiro. Mas sempre que assim o decidem, eu as deixo falar, sou um bom ouvinte, faz parte do meu ofício.

E assim, enquanto cruzo com elas, vou lendo em suas marcas os registros de suas angústias, suas expectativas e suas frustrações.

Pessoas alegres não caminham por aí, assim a esmo, é preciso estar triste ou angustiado para lançar-se às estradas, buscando novos caminhos, fugindo de caminhos viciados que mais parecem sinas.

É a elas, às pessoas tristes e angustiadas que eu me dedico.

Um ouvido disposto e paciente é como um bálsamo que alivia muito da carga que as pessoas arrastam por aí. Não tenho muitos conselhos para dar, mas quando os dou, atendendo sempre a pedidos, o faço com generosidade e empatia.

Ouvir os males e as aflições das pessoas não me contagia, me alimento é da sensação de alívio que nelas eu possa causar e isso me faz feliz. É impressionante como a dor alheia é capaz de nos aconselhar e inspirar.

Muitos me perguntam o nome, de onde venho, para onde vou; para cada um deles eu tenho respostas que só a eles podem interessar, pois sou sempre e apenas o que cada um precisa que eu seja.

Não sei se isso seria uma missão, ou até mesmo uma sina, mas é o que eu sou compelido a fazer.

Me impressiona a multidão de pessoas que buscam por aí um sentido para a própria vida, pessoas que vão longe, buscando se afastar do que decidiram abandonar em algum lugar do passado. Acho que assim eu mesmo iniciei o meu caminho, até entender a minha vocação de caminhar, de ouvir e confortar.

Se você algum dia topar comigo, pare para me falar de suas aflições, ouça bem os meus conselhos, se eu os der e se você assim o desejar, costumam ser muito úteis.

Não me agradeça nunca, pois é a satisfação com o alívio que eu possa provocar que me alimenta a alma. As confissões que me são feitas em confiança são, por si só, uma grande recompensa.

Quem sabe um dia eu chegue em algum lugar e o reconheça como o meu lugar, e ali eu assente morada e, quem sabe, enfim eu possa descansar.

58. A LUA

E nesta noite eu me despertei e, pasmem, a lua ainda estava lá, cheia, brilhante.

Tudo que na noite estava clareado, era a lua, ela sozinha, a responsável, clareando um mundo inteiro.

O mundo que eu podia enxergar.

Os vizinhos mantinham as portas fechadas, uns poucos saíam às varandas, timidamente, mas igualmente avexados.

Era a lua, tão linda, tão brilhante. Lá no céu.

E aí, para aumentar a festa, uma estrela cadente cruzou o céu, brilhando, foi pouco mais que um instante, cruzou os céus e sumiu no horizonte. Um brilho que durou pouco mais que um momento. Lindo, finito…, mas intenso.

Quem vê a lua, sabe que ela é quem inspira as paixões; a lua dos namorados, iluminando os romances, brilhando nas praças e jardins, refletindo o seu prateado nos remansos dos rios, dos lagos e dos oceanos.

É para a lua para quem o lobo solitário uiva; conta a ela suas mágoas, debruçado em penhascos e no topo das colinas.

A lua do guerreiro, que montado em seu cavalo submeteu com sua lança o dragão, e até a lua do astronauta que descobriu que neste universo imenso somos todos solitários.

É a lua que avisa que é hora de plantar, que faz germinar a semente adormecida. É a lua que provoca e controla as marés.

Tem a lua dos loucos e desconsolados, mas também dos poetas e dos iluminados.

A lua é que mostra o caminho ao andarilho e lhe faz companhia.

A deusa Jaci, ou Jacira, dos Guaranis, Artemis na Grécia antiga, ou ainda Selene, filha de Titãs, irmã de Hélio e de Eos, personificações do Sol e do alvorecer.

Como poderia dizer um poeta: "A lua, em sua eterna vigília, nunca está sozinha, pois há sempre um casal desfrutando de sua companhia".

59. A PRISÃO DE AZAZEL

Meu nome é Cirino, filho de José de Arimateia e Benvinda, ele um marceneiro profissional e ela uma das beatas da cidade, mulher considerada por muitos como uma santa viva. Sou o zelador do prédio do novo hospital, ainda em fase de conclusão, resultado de uma grande reforma no prédio que um dia foi um convento e uma escola das Irmãs Carmelitas. Datado da época marcada pelo final do Império e início da República no Brasil, o prédio já completara dois séculos de existência. Teve a sua pedra fundamental colocada pelo próprio Deodoro da Fonseca e ficava localizado em uma colina na parte sul da cidade que hoje leva seu nome, Marechal Deodoro, no estado de Alagoas. Cidade localizada na região metropolitana de Maceió, que veio a ser a capital do estado de Alagoas. Originalmente chamada de Sesmaria de Santa Madalena do Sumaúma, passou a chamar-se Vila Santa Madalena da Lagoa do Sul, quando então foi elevada à condição de capital da Província das Alagoas, em 1817. Em 1938, passou a chamar-se Marechal Deodoro, em homenagem ao primeiro presidente do Brasil, ali nascido.

O Brasil vivia então a crise iniciada com a abolição da escravatura, que teve como principal consequência o final do Império, com a consequente deportação de Dom Pedro e toda a família dos Bragança, como primeiro ato da República ali instaurada.

Fui contratado para trabalhar na reforma do prédio que tinha uma arquitetura típica da época do Império; era um edifício com o formato retangular, com suas instalações contornando um enorme pátio em seu interior, com quadras esportivas de um lado e um amplo jardim ocupando o outro lado. No seu lado voltado para uma grande praça, sobressaía-se o portal e as duas torres de uma igreja, chamada Igreja da Sagrada Família. O volume era encimado por uma abóbada semiesférica, representando o céu, onde estava instalada uma escultura da Sagrada Família; José e Maria com o menino Deus em seus braços, observando e abençoando a cidade com a famosa Praia do Francês ao fundo. A estrutura dava acesso ao exterior por meio de janelões amplos, todos pintados de um azul quase marinho. Em seu interior, corredores cercavam o perímetro de um imenso pátio. Tinham a largura de uma rua e sobre eles a parte do segundo andar, construída em balanço, era amparada por colunatas desenhadas com figuras de santos e anjos, ou representando cenas bíblicas, como a última ceia e Jesus crucificado.

Tinha de um lado uma imponente porta que conduzia ao interior da construção, localizada no lado oposto à capela que só era frequentada pelas irmãs e aonde um padre vinha todas as noites para rezar a missa, que invariavelmente ocorria antes do jantar, nos dias de semana, e pela manhã nos fins de semana e feriados santos; essa capela ficava nos fundos da igreja e era reservada às irmãs para suas orações.

O prédio era todo compartimentado e em seu andar térreo acomodava o escritório da escola e onde ficava instalada a madre superiora, responsável pela direção da escola e do convento. Acomodava ainda uma cozinha e um amplo refeitório, onde todos, freiras, noviças, professores e estudantes, faziam suas refeições, oficinas variadas, um salão de jogos e uma biblioteca. Além da capela, ainda havia três grandes salões que acomodavam as crianças, separadas por grupos de idade, grupos chamados de Divisões, onde, pela manhã, estudavam e faziam seus deveres escolares, já que as aulas aconteciam sempre no período da tarde.

Todos os cômodos com portas e janelas voltadas para os corredores que cercavam as quadras esportivas, para recreação dos estudantes, e o jardim que era cuidado pelas próprias irmãs.

No andar superior ficavam os dormitórios e outras acomodações íntimas para o acolhimento das freiras e das noviças, estes tinham um acesso privativo por uma escadaria isolada por um portão de ferro.

Na outra parte do segundo piso ficavam abrigadas as salas de aula, onde eram educadas as crianças da cidade, sendo essa atividade a fonte principal de renda do convento, que era dirigido por uma madre superiora subordinada ao bispo da cidade.

Ao longo de sua existência, o convento foi assumindo tarefas de atendimento e acolhimento à população mais necessitada e isso tudo levou à transformação de toda uma ala do andar térreo em uma espécie de enfermaria que virou depois um pronto-socorro e depois, apoiados pela prefeitura, um pequeno hospital, até que recentemente, por decisão da prefeitura, apoiada pelo governo federal, resolveu-se transformar todo o edifício em um Hospital Geral para atender Marechal Deodoro bem como toda a região metropolitana de Maceió. Na verdade, o prédio, já com pouco mais de duzentos anos, necessitava de uma boa reforma, o que levou a este ambicioso e necessário projeto do que viria a ser o Hospital Geral de Marechal Deodoro.

Como toda construção muito antiga, o convento-escola era cercado de lendas, com histórias misteriosas de demônios e assombrações. O bispado da cidade havia imposto uma condição para ceder o prédio à prefeitura e a condição era de que tanto a igreja como a capela nos fundos desta permanecessem intactas. Missas e cerimônias eram ainda realizadas na igreja, mas

SONHOS, MEMÓRIAS E DIVAGAÇÕES

a capela das freiras fora trancada e apenas pessoas autorizadas pelo bispo teriam acesso a ela.

Havia uma lenda, nunca constatada por ninguém de fora da igreja, segundo a qual abaixo da capela havia uma cripta onde estariam enterrados os restos mortais de algumas das madres superiores, as mais eminentes entre as que um dia dirigiram o convento e a escola, e algumas das freiras que tiveram papel destacado durante a existência deste, especialmente em uma ocorrência que contarei mais à frente.

Algumas pessoas, as mais antigas da cidade, contavam que durante a noite gritos eram ouvidos enquanto os espíritos das freiras vagavam pelos corredores daquele edifício. Podia-se ouvi-las recitando suas orações ou entoando cânticos nas proximidades da capela, vultos eram vistos caminhando em procissão, saindo ou retornando à capela.

Como em todas as obras, vigias eram escolhidos para lá passar a noite, para evitar invasões e que os materiais ali guardados não fossem furtados. Foram muitos os casos de vigilantes que abandonaram o posto, no meio da noite, e que se recusaram a voltar àquele lugar mal-assombrado, como definiam eles. Podiam jurar que algum espírito maligno residia ali, encerrado na cripta sob a capela.

Comentei esse fato com minha mãe, que disse já ter ouvido muitas histórias sobre essas aparições. Ela me contou que ficava intrigada com o porquê de aquelas almas nunca terem abandonado a suposta cripta e seguirem por ali, em vigília, orando e entoando cantos. Me disse ainda não entender por que as pessoas se assustavam com a possibilidade de ali vagarem os espíritos de mulheres que dedicaram sua vida a Cristo e às pessoas da comunidade, mas terminou dizendo: "Deve haver uma razão muito forte para ainda estarem por ali".

Havia ainda uma história pouco difundida, que se referia a um bispo que fora aliciado para o mal e passara a adorar o anjo de Luz, mais conhecido por Lúcifer.

Diz a lenda que esse bispo foi aliciado pelo próprio anjo caído, que lhe confidenciou as razões de sua expulsão do paraíso por um Deus, segundo ele, orgulhoso e tirano.

Contou-lhe ainda que a Deus não interessava que seus anjos atingissem um determinado estado de conhecimento, o que poderia ameaçar a sua soberania, e apontava ainda que a pregação da adoração de sua figura era apenas um exemplo da insaciabilidade de seu ego.

Lúcifer era a princípio o favorito de Deus e aquele que mais se destacava nas legiões de anjos por Ele criados. Ele ainda fazia a consideração de que um Deus, todo-poderoso, não necessitaria de um exército e que para disfarçar a sua verdadeira intenção, que era de dominar sem que qualquer ameaça pudesse prosperar, difundiu a ideia de que os anjos foram criados para cuidar e proteger os homens, mas considerava: "Proteger de que, se o mal seria com o tempo, íntima e exclusivamente, associado aos demônios, dos quais Lúcifer viria a ser o grande senhor?". Dizia ele ainda: "O mal é anterior ao inferno e, como tudo no universo, era também criação de Deus".

O bispo, inicialmente, passou a duvidar e aos poucos foi sendo convencido de que a história de Lúcifer poderia ter algum sentido.

Quando perguntou a Lúcifer o porquê da criação do inferno, Lúcifer explicou que Deus, em lugar de misericordioso, era incapaz de perdoar. Que Ele próprio criava e permitia as tentações que seduziam e acabavam por conduzir os homens ao mal e ao pecado. Seu objetivo era testar a devoção humana a Ele, o Ser Criador Supremo e Onipresente, e aqueles que falhavam, em decorrência de sua fraqueza ou de sua ignorância, eram condenados à danação eterna em um submundo criado e chamado por Ele mesmo de Inferno.

Explicou que a associação do Inferno a Lúcifer foi mais uma estratégia de Deus para afastar dele a humanidade.

Lúcifer dizia ainda que os seus exércitos eram formados desses condenados que eram por ele resgatados desse submundo e que o seu objetivo era o de um dia desafiar o poder de Deus e restabelecer a verdade da criação, libertar os condenados e extinguir esse submundo resultante da maldade oculta de Deus.

O bispo então, ardilosamente inspirado por Lúcifer, iniciou a adotar uma série de estratégias para subverter nas pessoas a devoção e o amor a Deus, a incentivar a desobediência às suas leis. Em sua cabeça ecoava o argumento de Lúcifer: "De que serve o livre-arbítrio quando se tem que respeitar e obedecer a tantas leis e ainda viver sob a ameaça da danação eterna?".

Na cabeça do bispo, tudo isso começava a fazer sentido.

O plano de Lúcifer, apresentado ao bispo, era complexo e se baseava em alguns pilares:

- debilitar a fé pelo incentivo à dúvida, usar a ciência para desafiar a crença na existência de Deus e nos eventos da criação;

- atacar a família, debilitando a instituição do casamento, debilitando o respeito dos filhos para com seus pais, incentivando a cobiça e a inveja, que colocariam irmão contra irmão e pais contra filhos;

- introduzir conceitos na educação das crianças que as fizessem duvidar das instituições, de conceitos como caráter, gênero e disciplina social. Convencê-las de que toda e qualquer convenção é um cerceamento da liberdade e que o esforço e a disciplina são na verdade grandes desperdícios de energia e de tempo, pois "o futuro a Deus pertence e é por ele determinado";

- separar as pessoas em minorias, desenvolvendo a crença de que os interesses da minoria deveriam sobrepujar os interesses da maioria;

- incentivar o fanatismo religioso e ideológico, desacreditando o diálogo em favor do conflito direto;

- amenizar o repúdio aos crimes como a traição, o incesto, a pederastia, a zoofilia, a necrofilia, a pedofilia e outras práticas condenáveis, buscando justificativas supostamente humanitárias para tais atos; fazendo prevalecer a crença de que todo criminoso é antes de tudo uma vítima e que por isso seria merecedor da compreensão e generosidade da sociedade.

Assim, então, passou a proceder o bispo. Ele interferia diretamente na escolha dos professores e outros servidores do convento-escola, dando preferência àqueles de caráter debilitado ou já pervertido, desde que identificados com a doutrina de Lúcifer. Seus sermões sutilmente prometiam uma maior compreensão de Deus para com os pecadores, cobrando das pessoas de bem uma maior tolerância para com estes e com seus pecados.

Aos poucos o bispo ia, sem perceber, sendo dominado por um dos servos de Lúcifer, um servo seu chamado Azazel, tornando-se um instrumento fiel deste, até ser completamente dominado por ele, pois com sua fé destruída já ficara incapaz de resistir a ele e aos seus ardis.

Azazel era um dos sete Arquidemônios de Lúcifer, um dos sete príncipes do inferno em oposição aos sete arcanjos de Deus, e foi ele o escolhido para garantir que o bispo e seus seguidores seriam leais seguidores do anjo caído.

Na hierarquia dos Infernos os sete Arquidemônios seriam: Mamon, o avaro, Leviatã, o pregador da heresia, Belfegor, que prometia riqueza aos homens, mas os contaminava com a preguiça, no que era ajudado por Ataroth, também da nobreza infernal, Asmodeus, o sodomita, Azazel, o libertino e o artesão das armas de guerra oferecidas aos homens, e por fim o próprio Lúcifer, que tinha por ambição ocupar o lugar de Deus.

Na mesma época assumiu o convento-escola uma freira já de idade avançada, conhecida por sua bondade, disciplina, altruísmo e caridade. Era chamada Madre Teresa, mas seu nome antes de se ordenar freira era Maria Lúcia.

Ela começou a perceber nas atitudes do bispo uma tendência pouco cristã e perniciosa e passou a vigiar os seus atos. Ela ouvia aterrorizada os sermões do bispo nas missas comunitárias, sabia ainda de reuniões realizadas, sempre na calada da noite, onde supostamente Lúcifer era adorado e suas mentiras disseminadas. Eram noites de orgia onde homens, mulheres e animais se misturavam em rituais que envolviam o sacrifício de animais, sexo e adoração ao canhoto, ou capiroto, como também era chamado o anjo decaído.

Ela então decidiu agir; aos poucos ela foi substituindo os professores de caráter duvidável e passou a participar pessoalmente das aulas de catecismo, onde passou a desafiar e combater determinados conceitos disseminados sob o comando do bispo.

Chegava a recriminar publicamente determinados sermões feitos durante a homilia nas missas de domingo, que eram eventualmente celebradas pelo bispo, até chegar ao ponto de tornar-se objeto do ódio do bispo, em quem ela já passara a identificar a figura de um seguidor do anjo caído, Lúcifer. Azazel já não se escondia e era possível ver as suas mãos por trás das ações do bispo, até mesmo as feições deste se transformavam nos rituais satânicos.

Azazel queria que o bispo realizasse rituais como sacrifício humano e isso assustou muito o bispo.

Certo dia Madre Teresa reuniu as freiras e as noviças e contou a elas suas impressões sobre o bispo e alguns de seus protegidos, impressões já compartilhadas por muitas delas. Então elaborou um plano para contê-lo.

Na noite de um domingo, atraiu o bispo para o interior da cripta que havia sob a capela das freiras com o pedido de que ele a abençoasse. O bispo ficou intrigado, pois já percebera há muito a desconfiança e desaprovação da madre contra ele e seus apoiadores, entre eles padres e professores.

No centro da cripta elas construíram um esquife de pedra com uma tampa, também de pedra e muito pesada, e que só podia ser removida com a ajuda de correntes que permitiam que ela pudesse ser alçada para dar acesso a seu interior. As freiras, ajudadas pelas noviças, dominaram e imobilizaram o bispo e o jogaram dentro do esquife e baixaram a tampa, sepultando-o ainda vivo e com ele Azazel.

Algumas das freiras e a madre Teresa chegaram a ver o servo de Lúcifer furioso, tentando abandonar o corpo do bispo, mas era impedido de deixar o esquife que fora abençoado pelas freiras, que pediram em oração que Deus o transformasse em uma prisão capaz de conter o mal.

Essa seria a história completa.

As freiras e as noviças fizeram então um pacto de serem ali sepultadas com o objetivo de que suas almas, em vigilância permanente, guardassem o esquife, mantendo ali esse espírito do mal, até a volta de Cristo, quando todos os pecadores seriam julgados por seus malfeitos e o mal seria destruído juntamente com o Rei da mentira, que, com sua astúcia, ainda espalha o mal pelo mundo.

Em um par de meses, finalmente, o Hospital entrará em funcionamento, mas a capela, com sua cripta, continuará intocada e, pela misericórdia de Deus, guardada pelas almas dessas piedosas freiras, que se dedicam a nos proteger contra o mal ali aprisionado.

60. ARREPENDIMENTOS

Ah! As tantas lágrimas que eu derramei. Meus olhos, hoje secos, são meras testemunhas delas.

Os meus queixumes, esvaziados pelo tempo, carecem de sentido, fazem parte das lembranças que ainda carrego.

Já não tenho amigos, são poucos os que ainda se lembram de mim, e são ainda menos os que assim admitem.

Vou solitário para o passado, para o mundo onde tudo vira nada. Uma solitária lápide, caída na cabeceira da cova onde apenas os vermes frequentam o meu esquife, preguiçosamente se fartando do que resta da carne que um dia abrigou o sopro da vida que eu usufruí.

Já não sinto calor, nem frio, mas na solidão, privado de tudo que a vida me deu, me ressinto dessa raiva que não me deixa, e sofro a decepção de saber ter há muito morrido, muito antes de a vida ter-me de fato abandonado.

Me amargura tanto o desperdício de ter morrido ainda em vida, de ter envelhecido como um cadáver insepulto; sem perspectivas, sem nada que me desse alento.

A morte me veio como um alívio, para me trazer, por fim, descanso.

As coisas que um dia tive me foram tiradas sem piedade. Primeiro, fui perdendo o encanto, nada mais tinha sabor nem cheiro, não me restou sequer o prazer de olhar, de ouvir e desfrutar. Minha curiosidade havia se extinguido, assim como o desejo. Os sons já não faziam sentido, tornaram-se meros ruídos de fundo que não se traduziam em nada, como ondas passando por sobre um barco afundado, sem propósito a não ser o de apodrecer e deixar de ser.

A vida me deu oportunidades, mas eu não as aproveitei, escolhi a vida vã e improdutiva; era mais fácil.

As pessoas que se aproximaram de mim, eu nada fiz para cativá-las, deixei-as ir sem levar saudade.

Das poucas coisas que eu construí, apenas me restou o enorme vazio onde fui me isolando, até que já não fizesse diferença estar ou não estar ali.

Em breve serei passado sem sequer poder servir de exemplo de uma vida desperdiçada. Restará esta tumba guardando um esquife vazio; nem os vermes que me consumiram estarão mais ali. Mas quem sabe, se os meus restos adubarem esta terra que me cobre, talvez nasça uma flor ali.